El SECRETO DE ADA

Olga Fernández Rodríguez

El secreto de ADA

Primera edición: febrero 2024
Segunda edición: mayo 2025

Composición portada: Olga Fernández Rodríguez.

Book Trailer

ISBN: 978-84-09-56186-5
Depósito legal: B 5549-2024
ISNI: 0000 0005 1328 1152

PicaFerro Ed.

ÍNDICE

A mis hijos, que son mi mayor tesoro y a mi marido por su apoyo y por ser un lector crítico.

A mi madre y a mi hermana, mujeres de gran fortaleza e inteligencia.

A Mercè por dedicar su tiempo a leerlo y brindarme su opinión.

Prefacio

"El único límite para la IA es la imaginación humana".

-Chris Duffey, autor estadounidense, especialista en inteligencia artificial y dispositivos móviles. Es el director creativo de Adobe.

Antes de sumergirnos en el desarrollo de "El secreto de ADA", me gustaría presentarles a alguien muy especial: Ada Lovelace, una mujer que se adelantó a su tiempo y fue pionera en diversos campos. Ella fue una de las primeras personas en darse cuenta del potencial de las máquinas de cálculo para realizar mucho más que simples operaciones. En cierto sentido, Ada Lovelace fue la precursora de la inteligencia artificial: una visionaria que visualizó un futuro en el que las máquinas no solo realizaran tareas mecánicas, sino que fueran más allá.

Pero ¿quién fue Ada Lovelace?

Ada Lovelace, famosa matemática y escritora, hija del célebre poeta Lord Byron y de Annabelle Milbanke, destacó en un mundo dominado por hombres. Una mente brillante que se adelantó a su tiempo.

La historia de la programación siempre ha estado vinculada a la figura de Ada, considerada la primera programadora de computadoras del mundo.

En el transcurso del siglo XIX, creó las bases teóricas de lo que hoy en día conocemos como programación de computadoras.

No era fácil para una mujer introducirse en el ámbito científico y además sobresalir. Su éxito se debió, en parte, a la pasión por las ciencias que le transmitió su madre, Annabelle Milbanke.

Annabella Milbanke

Anne Isabella (Annabelle) Milbanke fue la madre de Ada Lovelace. Nació en 1792, en Londres y se casó con el poeta Lord Byron en 1815, pero la relación no fue feliz y se separaron poco después del nacimiento de Ada.

Milbanke se dedicó a educar a su hija en un riguroso ambiente, tanto a nivel académico como moral, animándola a estudiar matemáticas y ciencia, campos poco comunes para las mujeres de la época. Annabella se dedicó tenazmente a la educación de Ada, en un intento de erradicar la herencia de locura poética[1] que llevaba en los genes, por parte de padre se entiende.

Annabella también destacó por sus propias habilidades intelectuales. Fue una mujer muy culta y educada, interesada en la literatura, la filosofía y la política. Mantuvo correspondencia con importantes figuras de su época. Se dedicó a la defensa de la educación de las mujeres y luchó contra la discriminación de género en la educación y la sociedad. Se puede considerar que Annabella también fue una pionera y adelantada a su tiempo, luchando por la igualdad de género en su época.

Ada Lovelace, una adelantada a su tiempo

Ada pasó su infancia rodeada de tutores y dedicada a los estudios, pero su mala salud fue un problema constante que afectaría su vida en el futuro.

Desde pequeña, Ada mostró un gran interés por las matemáticas y las ciencias. Aunque en aquella época no era bien visto que una mujer tuviera esas inquietudes, Ada y su madre no desistieron en seguir cultivando su sabiduría y desarrollando su talento.

Annabella Milbanke tenía contacto con varias personalidades del mundo de la ciencia, como la astrónoma Mary Somerville y el

[1] *Nacido en 1788 en Londres, Byron fue una de las figuras más destacadas de la literatura inglesa del siglo XIX, famoso por sus poemas románticos y su vida escandalosa. Byron tuvo una vida turbulenta, marcada por numerosas relaciones amorosas y una gran pasión por la aventura y los viajes.*

matemático Charles Babbage, con lo que Ada siempre se rodeó de grandes mentes durante su juventud.

En 1835 Ada se casó con el barón William King. Con posterioridad a la boda, el barón William King se convirtió en conde de Lovelace.

Después de dar a luz a su tercer y último hijo, Ada se involucró en el desarrollo de la Máquina Analítica, en colaboración con el matemático Charles Babbage.

Fue a través de su colaboración con Charles Babbage que Ada dejó su mayor huella en la historia de la informática.

Mientras trabajaban juntos en la Máquina Analítica, Ada diseñó el primer algoritmo de la historia. El algoritmo en cuestión permitía a la máquina calcular una serie de números conocidos como “números de Bernoulli”. Sería este uno de los motivos por el que Ada es considerada la primera programadora de la historia.

Ada no solo fue una gran programadora, también destacó en otros campos de las matemáticas, como el cálculo diferencial y la lógica matemática.

A pesar de sus logros, Ada Lovelace no recibió el reconocimiento que merecía durante su vida.

Falleció de cáncer a los 36 años y solo muchos años después su trabajo comenzó a ser reconocido.

Después de la muerte de Ada su madre trabajó arduamente para promover y preservar su legado, asegurándose de que su trabajo fuera conocido y reconocido en el campo de la ciencia y las matemáticas.

Hoy en día, Ada Lovelace, es considerada una verdadera pionera de la informática y las matemáticas, cuyo legado sigue inspirando a nuevas generaciones de mujeres científicas.

Sus ideas revolucionarias sobre la capacidad de las máquinas para realizar tareas complejas y la posibilidad de programarlas para que "piensen" por sí mismas, son una verdadera profecía que se ha ido cumpliendo con el paso del tiempo.

En la actualidad, la inteligencia artificial es una realidad cada vez más presente en nuestras vidas. El legado de Ada Lovelace sigue inspirando a las mentes más brillantes del mundo para llevar esta tecnología aún más lejos.

En este mundo fascinante y desconocido, ¿podrían las computadoras llegar a superar la inteligencia de los seres humanos?, ¿en qué sentido? ¿Podrían llegar a razonar, pensar o incluso a ser conscientes de sí mismas?

No se trataría de ver la tecnología como el objetivo en sí mismo, sino como el medio para conseguir nuestros objetivos más osados.

El SECRETO DE ADA

1.

El Proyecto

"La inteligencia artificial es la nueva electricidad."

-Andrew Ng, director del laboratorio de Inteligencia Artificial en Stanford

La Dra. Samantha Li caminaba por los pasillos del centro de investigación más prestigioso del mundo, nerviosa por lo que estaba a punto de presentar. Era una joven científica, pero ya era considerada una de las figuras más prometedoras de su campo.

Samantha caminaba con agilidad y sigilo por los pasillos de baldosas blancas, brillantes y de aspecto aséptico, más propio de un hospital que de un centro de investigación. Sus piernas, enfundadas en unos tejanos, siempre buscando la comodidad en su indumentaria, se escondían en una larga bata blanca. Su cabellera lisa y negra se iba moviendo al compás de sus ligeros pasos. Su piel pálida resaltaba aún más sus ojos oscuros y almendrados.

A pesar de haber nacido y crecido en Estados Unidos, su aspecto revelaba su herencia asiática, lo que la llevaba constantemente a tener que responder preguntas incómodas sobre su origen. Aunque tenía la convicción de que la identidad se forjaba en el lugar donde uno encontraba un sentido de pertenencia, Samantha había experimentado, durante toda su juventud, cierta confusión al respecto.

En el pasado se había encontrado con situaciones incómodas donde constantemente le cuestionaban sus raíces. A pesar de esto, ella se sentía profundamente conectada a su lugar de nacimiento y consideraba que formaba parte de él. Esta percepción tenía su origen en una profunda desconexión cultural. Samantha sentía que las tradiciones de su entorno familiar eran significativamente distintas de sus propias experiencias y sentimientos internos. Sin embargo, las constantes preguntas sobre su procedencia siempre la desconcertaban, llegando al punto de sentirse una extranjera tanto en su país de nacimiento como dentro de su propia familia. Se sentía que no encajaba en ninguno de los dos mundos.

Fue al crecer cuando comenzó a cuestionarse su sentido de pertenencia, impulsada por los constantes interrogatorios que la rodeaban y que la obligaban a justificar su origen étnico: de dónde venía y dónde había nacido. Samantha nunca sabía qué responder. Con el paso del tiempo encontró su lugar en la ciencia y la tecnología, donde no tenía que justificar ni aclarar nada, donde podía ser ella misma.

Su familia, tradicional y humilde, se había labrado un futuro en Estados Unidos. Habían sacado adelante su negocio familiar, logrando de esta forma tener una bolsa importante de ahorro para el futuro de su única hija.

Samantha había destacado, desde bien pequeña, en el área de las matemáticas. Luego, ya de más mayor se había interesado también por las ciencias y la tecnología. Había conseguido entrar, con una beca estudiantil, en una de las universidades más prestigiosas del país, donde estudiaría una doble titulación de Matemáticas e Ingeniería Informática. Más adelante, obtendría su doctorado en Inteligencia Artificial aplicada a la ciencia médica.

A ella siempre le había invadido el sentimiento de "impostora" de estar en un lugar que no le correspondía. A pesar de los continuos resultados que evidenciaban su capacidad y logros, le dominaba la sensación de duda y miedo, de sentirse como un fraude, de no estar a la altura de lo que se esperaba de ella. Le llevó tiempo, pero poco a poco empezó a creer en ella misma, en su propias habilidades y talentos. Toda su vida había sentido estas inseguridades. Sin embargo, con el tiempo, gracias a su esfuerzo personal y a la madurez alcanzada, había superado esa etapa, lo que le permitía dirigir toda su energía hacia su pasión.

***

Estaba ansiosa por su presentación. Por fin había llegado el día. Pese a su juventud, había trabajado y estudiado tenazmente para lograr su objetivo. Ya había hecho importantes contribuciones en su campo y su trabajo era muy respetado por sus colegas.

Al final del pasillo estaba la sala de conferencias. Aceleró el paso, no quería llegar tarde. Bueno, realmente nunca llegaba tarde; más bien llegaba al menos con una hora de antelación, especialmente cuando lideraba una conferencia. A Samantha le gustaba tener todo listo para el inicio de la sesión y estar preparada para resolver cualquier imprevisto que pudiera surgir.

Al llegar a la sala de conferencias se encontró con el Dr. Marc Craig, un neurocirujano de renombre y uno de los doctores que había demostrado interés en su trabajo. Se habían conocido en la conferencia de *Ciencia e Inteligencia Artificial*, hacía ya cuatro años. Marc era un hombre atractivo, alto, de cabello oscuro y ojos color esmeralda. La Dra. Samantha Li había aprendido a respetarlo y admirarlo en su corta carrera. Y al contrario que ella, el Dr. Marc Craig siempre había gozado de sobrada autoestima y de tener un humor algo ácido. En alguna ocasión podía llegar a resultar bastante engreído, actitud que no siempre sentaba bien entre sus colegas. Aunque, cuando se trataba de concentrarse en el trabajo, estaba listo para cualquier reto y no cesaba hasta lograr resolver cualquier dilema que se le planteara.

Samantha siempre actuaba con más seriedad y cautela que él, pero también en ocasiones podía tener un humor sarcástico con lo cual habían congeniado bastante bien.

Profesionalmente eran muy compatibles y lo más importante, se admiraban y respetaban mutuamente.

—¿Estás lista? —preguntó Marc, mientras se acomodaba en la silla frente a ella. Marc al contrario que Samantha no era tan puntual, pero en esa ocasión estaba allí para apoyar, esa mañana, la conferencia de su colega. Ella, después de comprobar minuciosamente que cada detalle funcionara a la perfección, asintió. Esperaron a que todos los asistentes fueran tomando asiento y que, llegada la hora, la coordinadora del evento le diera el aviso para comenzar.

Estaba nerviosa, pero feliz de que ya había llegado el día. Samantha comenzó su presentación, hablando con entusiasmo sobre el algoritmo de aprendizaje automático que había desarrollado. Era una nueva forma de analizar imágenes de resonancia magnética cerebral para detectar patrones y síntomas tempranos de la enfermedad de Alzheimer.

Estuvo exponiendo la presentación a lo largo de casi dos horas.

—Una vez desarrollado, podríamos mejorar drásticamente la precisión de los diagnósticos tempranos y, en última instancia, ayudar a millones de personas —dijo Samantha con emoción en su voz.

Al acabar la presentación, científicos colegas y empresas del sector comenzaron con la ronda de preguntas, a las que Samantha fue contestando tranquila y pacientemente, dando detalles rigurosos a todas las cuestiones planteadas.

Tras la conferencia, Marc se dirigió hacia ella para felicitarla en privado.

—Esto podría ser un gran avance en el campo de la neurología. ¿Te has preguntado cómo sería una inteligencia artificial que pudiera ayudar a los médicos a crear planes de tratamiento personalizados, basados en el análisis de grandes cantidades de datos médicos y genéticos? —preguntó un pletórico Marc a Samantha.

Samantha parpadeó sorprendida por su propuesta y se le iluminó el rostro. Era como si le hubiera leído el pensamiento. Comenzó a rebuscar entre sus cuadernos y empezó a sacar esquemas, gráficos, algoritmos y datos numéricos que no le daba tiempo a asimilar a Marc.

—Justo es en lo que he estado trabajando en paralelo con mi proyecto, algo incluso más ambicioso. Esto tiene mucho potencial Marc.

—¿Has pensado en una Inteligencia Artificial capaz de ayudar a pacientes que ya hubieran desarrollado la enfermedad? —dijo Samantha de forma retórica y con bastante entusiasmo—. He estado desarrollando esta idea, pero necesitaría un equipo más grande y bastante financiación.

—Sería increíble disponer de esta tecnología para que los médicos pudiéramos mejorar la atención al paciente y, al mismo tiempo, elevar la calidad de vida tanto de los pacientes como de sus familiares —dijo Marc con el semblante resplandeciente.

Los dos continuaron discutiendo la idea de una IA médica que pudiera utilizar el algoritmo de Samantha para ayudar en el diagnóstico y tratamiento de la enfermedad de Alzheimer.

A medida que hablaban, la emoción crecía en ambos. Se empezó a hacer tarde y acordaron quedar en la casa de Samantha para seguir sincronizándose entre ellos. Se habían citado a las 17:00h de ese mismo día.

Marc quería pasar por casa para cambiarse y luego se verían en el apartamento de Samantha.

Con el conocimiento en el ámbito médico y científico de ambos podrían obtener grandes avances para la ciencia.

Esto no había hecho más que empezar.

Samantha recogió todo su material de la sala de conferencias y salió con una sensación de entusiasmo que nunca había experimentado antes. Un cosquilleo le invadió la nuca de la propia emoción. Sabía que tenía algo grande entre manos y estaba decidida a llevarlo adelante. Saliendo del edificio, vio que se acercaba un taxi. Se apresuró para avisarlo, ya que a esas horas estaban muy solicitados y no quería estar esperando en la calle con material tan sensible. Afortunadamente el taxista la vio y se paró delante de ella. Samantha se subió al taxi y le indicó la dirección. Debido al tráfico denso, que era común a esa hora, tardaron un poco más en llegar. Con algo más de demora de lo habitual, lograron alcanzar el destino. Samantha salió del taxi llevando consigo todo su material. Siempre optaba por usar ropa cómoda, ya que bajar o subir de esos vehículos cargada no era una tarea fácil, especialmente con esos asientos tan bajos.

Después de atravesar la ciudad entre un intenso tráfico llegó a su destino.

Entró en su edificio. No se trataba de los edificios más altos, a pesar de contar con doce plantas; aun así, ofrecía buenas vistas, si se podían considerar buenas vistas las de un horizonte construido en ladrillo y cemento. No se podía quejar para su modesto sueldo. No disponía de un salario elevado como investigadora, sin embargo, era consciente de que el resultado de su trabajo podría ser adquirido por una empresa y así obtener el capital necesario para establecer la suya propia. De esta forma cumpliría su anhelo de continuar investigando en los campos de la inteligencia artificial y la ciencia médica, ya que siempre había sentido una fuerte atracción hacia esta última.

Llamó al ascensor para llegar a su apartamento. Se bajó en la planta novena y fue hacia su puerta. Mientras buscaba la llave de su apartamento, no se había percatado de que la puerta ya estaba abierta. Cuando alzó la vista se dio cuenta que alguien había entrado en su casa. Samantha miró dentro de su apartamento con desasosiego; lucía desolador.

Aunque no eran frecuentes los robos había oído recientemente en conversaciones de ascensor, que en los últimos meses se habían cometido algunos.

Las pertenencias de Samantha no parecían atractivas para un vulgar ladrón, ya que no tenía nada de valor significativo. Carecía de joyas caras, no usaba dinero en metálico y los muebles eran minimalistas sin ningún cuadro interesante para los amantes de lo ajeno. Lo más importante era su proyecto, pero ¿por qué iban a estar interesados unos ladrones en la inteligencia artificial?

Entró y vio que todo estaba revuelto. Lo potencialmente interesante para un ladrón estaba intacto, como su IPad y la televisión. No había quedado cajón o armario por abrir. Su despacho tampoco se había librado. Aunque su monitor y su teclado estaban intactos, dado que siempre llevaba consigo su portátil, se habían llevado algunos discos duros con proyectos que había realizado en la Universidad y blocs con algunas anotaciones. Por fortuna, no pudieron llevarse nada relevante, pues la información más crítica no estaba almacenada allí.

Pero ¿quería decir esto que había alguien interesado en esos avances? ¿Quién podría estar detrás de ese inusual robo? La verdad que no podía pensar con claridad debido al shock. Nunca había creído que podría ser víctima de un robo. En su caso, no se trataba de un robo usual, se trataba de un robo tecnológico, eso no la tranquilizó, la inquietó aún más. Sabía que lo que habían robado no revestía importancia y no perjudicaba a sus avances, pero aún y así no dejaba de darle vueltas.

Aún temblorosa y con las manos sudorosas, producto de su ansiedad, llamó a la policía para contar lo sucedido. No tardaron en personarse y tomar nota de lo ocurrido. El equipo forense tomó las huellas del lugar, pero al parecer solo encontraron las de Samantha.

Un poco más calmada, si es que se podía describir así, llamó a Marc para contar lo sucedido. Dadas las condiciones en las que había quedado el apartamento, no podrían reunirse allí esa tarde. Además, tampoco se sentía con ánimos. Marc le dijo que intentara descansar y que mañana la iría a ver.

2.

La oferta

"La inteligencia artificial no es una cosa, es un proceso. Es algo que las personas hacen, no algo que las máquinas tienen."

– John Searle, profesor en la Universidad de California en Berkeley

Samantha estaba ansiosa por saber exactamente qué le ofrecería una empresa tan emblemática en el campo de la nanotecnología.

Michael Turner había oído hablar del trabajo de Samantha sobre el algoritmo de diagnóstico temprano del Alzheimer y estaba interesado en conocer más detalles sobre su proyecto.

Hacía ya un mes que dos de sus colaboradores de más confianza habían renunciado. Debido a este desafortunado inconveniente comenzó a investigar a Samantha, pues se perfilaba como una gran candidata para ocupar el puesto.

Samantha estaba emocionada por la oportunidad y acordó reunirse con Michael al día siguiente en el laboratorio de la compañía. Estaba entusiasmada por tener la ocasión de mostrar el potencial de su proyecto a una empresa como BioBrain Dynamics.

Cuando Samantha llegó a las oficinas, le esperaba el ayudante de Michael Turner que la condujo hacia su despacho.

Michael era un hombre de estatura mediana, calvo y de ojos oscuros, más alto de lo que ella había imaginado y más joven de lo que aparentaba su voz por teléfono. Michael le indicó que se sentara y empezaron a conversar sobre el propósito de la reunión.

Samantha se sorprendió por lo bien informado que estaba sobre su trabajo. Ella habló con entusiasmo sobre su idea de una IA aplicada en el ámbito médico, para la detección del Alzheimer y la mejora de la calidad de vida de los pacientes.

Michael sonrió y le ofreció una oportunidad que Samantha no podía rechazar.

—BioBrain Dynamics está buscando ampliar su equipo para incorporar a nuestra área de I+D y creo que tu proyecto sería una valiosa aportación. De hecho, necesitamos a alguien con tus conocimientos para que forme parte de nuestra empresa. Estamos diseñando unos implantes cerebrales para pacientes que ya han desarrollado la enfermedad. Es un proyecto muy ambicioso y queremos contar con el personal más cualificado —prosiguió explicando Michael—. Nuestra empresa tiene reconocimiento internacional y es pionera en nanotecnología. Necesitamos desarrollar conjuntamente una IA médica que pueda utilizar tu algoritmo para usarlo en nuestros implantes.

Samantha no podía contener su asombro. Era justo lo que había estado comentando con Marc hacía tan sólo un mes.

Michael continuó explicando a Samantha más detalles del proyecto.

—Hemos estado trabajando en la utilización de nanotecnología en implantes cerebrales para mejorar su capacidad de interacción con las células nerviosas —comentó Michael—. El objetivo es utilizar la inteligencia artificial para mejorar dicha comunicación. Utilizando IA podríamos analizar la actividad neuronal y desarrollar tratamientos personalizados para pacientes con enfermedades neurológicas, como el Alzheimer. —También estamos estudiando la posibilidad que la IA pueda detectar cualquier deterioro en las funciones cognitivas del paciente y responder de manera específica. Es decir que sea una especie de enlace entre los recuerdos nuevos y existentes.

Samantha no podía creer lo que estaba escuchando. Esta era una gran oportunidad para hacer realidad su proyecto. Aunque su idea inicial era vender el proyecto para crear su propia empresa tampoco podía decirse que se tratase de un mal plan.

Allí podría trabajar con un equipo multidisciplinar y tendría acceso a la tecnología de vanguardia de BioBrain Dynamics, así como a su equipo de expertos. Su proyecto podría ayudar a millones de personas en todo el mundo a diagnosticar el Alzheimer en sus primeras etapas, lo que significaría un tratamiento más efectivo y una mejor calidad de vida. También mejoraría la vida de aquellas personas que ya habían desarrollado la enfermedad de una forma asombrosa.

Samantha sabía que con el presupuesto y prestigio de una empresa como BioBrain Dynamics no tendrían ningún obstáculo para obtener todo tipo de recursos y financiación para desarrollar la tecnología necesaria para su desempeño.

Después de la reunión se dirigió a su apartamento. Al llegar, se sentó en su escritorio, aún emocionada por la nueva oportunidad. Sabía que BioBrain Dynamics necesitaba un neurocirujano. No tenía detalles, pero había oído que el neurocirujano de BioBrain Dynamics había renunciado hacía poco. Casualmente, al salir de la reunión, escuchó como Michael Turner le decía a su asistente que le pusiera en comunicación con el Dr. Marc Craig. Si necesitaban cubrir el puesto de neurocirujano era normal que pensaran en él, dada su reputación y prestigio.

Tenía que llamar a Marc cuanto antes, para contarle los detalles. Sólo tenía que convencerlo para que se enrolase en el proyecto.

Marc era alguien en quien confiaba.

Sabía que, aunque a veces su carácter era algo difícil, profesionalmente era el mejor en su campo. Podían desarrollar la parte técnica en el laboratorio de BioBrain Dynamics y la parte de ensayo clínicos en el Hospital General donde trabajaba Marc, claro que esto último suponía hacer los trámites con la dirección del Hospital para poder llevarlo a cabo con pacientes reales.

Pero algo la inquietaba. Le empezaron a asaltar algunas dudas ¿Realmente BioBrain Dynamics estaba interesado en ayudar a las personas o había algo más detrás de la oferta? Recordó algo que

Marc le había comentado en alguna ocasión sobre el tipo de personas que lideran empresas del sector médico-científico; suelen priorizar las ganancias por encima de todo lo demás. Al fin y al cabo, se trataba de una empresa, con lo que priorizar las ganancias no era descabellado, pero la pregunta era, ¿a qué coste?

Pasó del entusiasmo a ser un mar de dudas, no quería tomar una mala decisión, su prestigio también estaba en juego y no quería estar relacionada con una empresa poco ética, así que investigó algo más y encontró algunas informaciones que no dejaban de ser inquietantes.

Michael Turner había liderado en el pasado una de las empresas farmacéuticas más prestigiosas del país, como ya había comprobado, pero hacía ya unos años se había centrado en el campo de la investigación. Además, averiguó que una de las empresas subsidiarias tenía una división de investigación en el ámbito militar. Intentó indagar algo más de esta división, pero todo resultaba algo opaco.

A pesar de su investigación, no encontró nada más destacado. Lo más relevante había sido la denuncia por acciones poco éticas, aunque eso había sucedido una década atrás. Aun así, Samantha se sentía algo inquieta y confundida. ¿Había cometido un error al aceptar la oferta de BioBrain Dynamics? ¿Estaba su investigación en manos de una empresa poco ética con motivaciones ocultas?

En ese momento recibió una llamada. Era de la policía. Al otro lado del teléfono, una voz grave le comunicó que aún no tenían ningún sospechoso en relación con la intrusión en su apartamento. Además, le aseguraron que, en caso de obtener novedades, se pondrían nuevamente en contacto con ella. Le aconsejaron que instalara cámaras de seguridad en la vivienda para evitar sobresaltos. Aunque Samantha no estaba muy convencida de que las cámaras de vigilancia disuadieran a los ladrones, tenía intención de acercarse a los almacenes para comprarlas. Dada la gran alteración en la que se encontraba, esa información no logró tranquilizarla en absoluto.

Tenía que centrarse en su trabajo, era lo que la fascinaba, no podía dejar que esas preocupaciones la perturbaran y la desviaran de su objetivo.

ESTADIO 1

INTELIGENCIA ARTIFICIAL ESTRECHA (ANI)

SISTEMAS DE IA MUY ESPECÍFICOS QUE REALIZAN UNAS TAREAS LÍMITADAS Y ESTAN DISEÑADAS PARA SER ALTAMENTE EFICACES EN ESE ÁREA CONCRETA.

NO POSEE CAPACIDAD MÁS ALLÁ DEL ÁMBITO DE SU COMPETENCIA. UNA ANI PUEDE SUPERAR LA INTELIGENCIA HUMANA, PERO SOLO EN ESA ÁREA ESPECÍFICA.

3.

A. D. A.

"La inteligencia artificial es la capacidad de las máquinas de hacer tareas que requieren inteligencia humana, como el reconocimiento de voz, la toma de decisiones y la comprensión del lenguaje natural.

-Demis Hassabi, neurocientífico e investigador de Inteligencia Artificial.

Samantha había quedado en el hospital donde trabajaba el Dr. Marc Craig para contarle la oferta que le había propuesto BioBrain Dynamics. Sabía que la empresa ya había contactado con él, pero Marc no había contestado aún sobre su decisión de incorporarse al nuevo proyecto. Ella quería saber su opinión sobre la fascinante iniciativa, por ese motivo habían acordado verse en el Hospital.

Samantha le explicó algunos detalles adicionales sobre el nuevo proyecto.

—La IA estaría diseñada para detectar cualquier deterioro en las funciones cognitivas del paciente y responder de manera específica. Por ejemplo, si el paciente tiene problemas para recordar nombres, la IA podría restaurar los recuerdos relacionados con los nombres. También podría actuar como una especie de enlace entre los recuerdos existentes y los nuevos, ayudando a los pacientes a recordar los detalles importantes de sus vidas.

Marc estuvo atento a todo lo que le planteaba Samantha. Era un proyecto desafiante, de gran envergadura y a la vez de una enorme complejidad, dado que el Alzheimer era una enfermedad de la que aún se desconocía su origen y quedaba mucho por investigar. Sería una solución innovadora para una enfermedad neurodegenerativa que no tenía cura.

A Marc, a pesar de sus reticencias iniciales, la propuesta realmente le sonaba apasionante y saber que formaría parte de un proyecto de ese alcance y hacerlo junto a Samantha, resultaba aún más tentador. Primero de todo tendría que hablar con la dirección del Hospital General para saber si podrían obtener la autorización para poder hacer los ensayos, llegado el momento de pasar a la fase de pruebas. Esa parte era muy delicada, pues se necesitan pacientes que pudieran formar parte de estas pruebas. La aprobación de las familias de estos pacientes era vital, dado que se trataban de pacientes con enfermedades neurodegenerativas y este tipo de decisiones eran tomadas por sus tutores legales.

Durante los meses posteriores, y después de la luz verde por parte del hospital para llevar a cabo los ensayos, Marc y Samantha estuvieron trabajando conjuntamente. En algunas ocasiones, Samantha iba al Hospital General a trabajar con Marc. Allí, él podía enseñarle tomografías y resonancias de pacientes con Alzheimer. En esas imágenes se podían observar áreas del cerebro con una mayor acumulación de placas amiloides, detectadas mediante la inyección de un marcador de radioisótopos.

Marc seleccionó una imagen de un paciente en un monitor de grandes dimensiones y se la mostró a Samantha. En la imagen le señaló distintas regiones del cerebro para ilustrar las diferencias respecto a un cerebro sano.

—Imagina un péptido beta-amiloide[2] —Marc cogió un papel en blanco y le dibujó una especie de espiral en un folio en blanco.

—Esto es una porción de una proteína amiloide que se encuentra en el cerebro, en circunstancias normales estas proteínas se descomponen y se eliminan. Una de las funciones de estos elementos es la de ayudar a las neuronas a comunicarse entre sí —explicaba Marc—. Bajo condiciones habituales de un individuo sano, este péptido facilita la transmisión neuronal, pero en condiciones atípicas, nuestro héroe se vuelve villano —Marc continuaba la exposición visiblemente fascinada—. Estas proteínas se empiezan a acumular porque el cuerpo no es capaz de eliminarlas. El problema reside en esta acumulación, ya que

[2] *En el cerebro se forman las proteínas beta-amiloides que son fragmentos de una proteína más grande llamada amiloide.*

comienzan a formarse placas que provocan el efecto totalmente contrario a lo que están diseñadas. Estas placas impiden la comunicación de las neuronas y se convierten en un obstáculo, precisamente en este punto, su función es totalmente opuesta a su objetivo.

A Samantha le encantaba la pasión que Marc ponía en su trabajo, de alguna forma él era el reflejo de la misma pasión que ella ponía en el suyo y por eso lo admiraba tanto.

—La inflamación que se observa es debido a la acumulación de esas placas del péptido-amiloide, ¿verdad? —preguntó Samantha que no se perdía detalle de las explicaciones de Marc

—¡Exacto! Esto provoca un aumento de presión en estas zonas produciendo atrofia cerebral progresiva, que empieza en regiones mesiales temporales extendiéndose al neocórtex.

—Estas placas acumuladas son tóxicas y causan inflamación y daño en las células nerviosas, lo que afecta a la comunicación entre ellas.

Para Samantha, poder ver las tomografías de casos reales le daba una visión, a nivel biológico, más tangible de lo que era la enfermedad y su impacto real. Aunque ella estaba familiarizada con este tipo de imágenes tomográficas, pues había hecho uso de algunos casos para su presentación de la IA, le entusiasmaba como el Dr. Marc Craig se apasionaba en sus exposiciones.

Marc también le mostró ejemplos de resonancias magnéticas donde se mostraba atrofia o disminución del tamaño de ciertas áreas del cerebro, especialmente el hipocampo, una estructura importante para la memoria.

También se producían cambios en la corteza cerebral, ésta se mostraba más delgada y encogida. Estos cambios producían alteraciones en la percepción, pensamiento y conciencia del individuo con Alzheimer. Ella ya conocía estos detalles, pero escuchar a Marc era muy enriquecedor.

Lamentablemente aún no había cura, pero con este proyecto podrían ayudar a mejorar la vida de los pacientes y a retrasar la progresión de la enfermedad.

Marc y Samantha estaban emocionados y pletóricos de poder contribuir a este gran proyecto.

Samantha se levantó y señalando las imágenes de los cerebros comentó:

—Se podría estudiar el potencial del proyecto para desarrollar nanosensores que pudieran detectar y monitorear la acumulación de placas amiloides. Esto permitiría un diagnóstico temprano y un seguimiento más preciso de la progresión de la enfermedad — Samantha prosiguió.—ADA [3] (Algoritmo de Detección Avanzada) podría funcionar de diferentes maneras: podría trabajar en segundo plano, monitoreando continuamente la actividad del cerebro del paciente y detectando cualquier cambio en su función cognitiva. ADA, en el caso de detectar algún problema, podría actuar de manera inmediata para restaurar los recuerdos perdidos —continuó Samantha con el discurso—. Además, podría ser capaz de aprender de los patrones de la actividad cerebral del paciente.

[3] *A.D.A. eran las siglas del proyecto que Samantha había escogido para su IA, en honor a Ada Lovelace[3]).*

Con el tiempo podría anticipar los recuerdos que el paciente está a punto de olvidar y restaurarlos antes de que se pierdan por completo—. Junto a las herramientas de nanotecnología de BioBrain Dynamics podrían traspasar la barrera que impide la transmisión normal neuronal, e incluso ayudar a la eliminación de esa acumulación de placas —continuó Samantha con absoluta exaltación.

—¡Sería una solución revolucionaria! —dijo entusiasmado Marc.

Estuvieron trabajando hasta tarde. Samantha estaba abstraída en los modelos de entrenamiento para ADA. Tenía que entrenarla con datos que le habían proporcionado desde el departamento de neurología que dirigía Marc. Que él, como director, colaborase en el proyecto BioBrain Dynamics desde luego ayudaba a agilizar los trámites.

Mientras Samantha estaba tecleando ágilmente en el ordenador, sonó su móvil. El sonido retumbó en el silencio de la sala y les causó un gran susto a ambos. Era Mei Li, la madre de Samantha, quería saber qué tal estaba su hija y si había pedido cita para su revisión médica. Samantha le dijo que llamaría al día siguiente sin falta.

Mei también se había enterado del suceso del robo y necesitaba averiguar cómo se encontraba su hija y si había tomado medidas. Samantha la tranquilizó contándole que no había sido nada y que ya había instalado cámaras. Pero no era verdad, lo hizo para apaciguar su insistencia. Al colgar, se apuntó en su agenda que al día siguiente compraría cámaras. La verdad es que había estado tan fascinada con el proyecto que no había pensado en el incidente del robo. Esto la llevó a reflexionar nuevamente sobre quién podría estar detrás del robo de los discos duros y sus blocs de notas.

Mientras Samantha actualizaba su agenda, Marc sugirió la idea de pedir unas pizzas y disfrutar de una comida rápida en el despacho, evitando así las largas esperas en un restaurante. De esa manera podrían seguir trabajando en el proyecto sin interrupciones y aprovechar al máximo el tiempo disponible. La propuesta era algo informal, pero eficiente. A Samantha le gustaban las decisiones prácticas, así que estuvo de acuerdo con la elección.

Al día siguiente, Samantha madrugó más de lo habitual y se dirigió al centro comercial para comprar las cámaras de vigilancia.

Tras salir de su edificio, caminó tranquilamente unas calles hasta llegar a la estación de metro. Sin embargo, desconocía que estaba siendo vigilada. En la oscuridad de la esquina del edificio adyacente al suyo, una figura oculta a todas las miradas comenzó a moverse sigilosamente al verla aparecer en la calle. La siguió a cierta distancia para evitar que ella se percatara de su presencia.

Ajena al hecho que la estaban siguiendo, Samantha repasaba mentalmente lo que debía comprar. Además de las cámaras, pensó en adquirir sensores de movimiento para las habitaciones, con la intención de cubrir más puntos vulnerables del apartamento.

Una vez dentro de los grandes almacenes también descubrió un par de *walkie-talkies* que lucían bastante prometedores.

A ella le encantaba ir a la montaña con el grupo de la universidad, cuando las responsabilidades laborales se lo permitían. Sin embargo, debido a las circunstancias personales tanto de ella como de sus otros compañeros, ya había transcurrido bastante tiempo desde la última vez que pudieron disfrutar de una excursión en grupo.

Esos *walkie-talkies* parecían notablemente sofisticados en comparación con los que había adquirido hacía ya algún tiempo atrás y que se habían estropeado al sumergirse en un río. Este nuevo modelo casi alcanzaba especificaciones propias de equipos militares. Se río para sí misma, pues no necesitaba tanta tecnología para comunicarse con los compañeros. Pero lo que sí podía ser útil era el alcance extendido del que disponían. La comunicación encriptada también podía ser interesante, para que nadie se sintiese ofendido por los chistes malos que se contaban entre ellos.

Además, este modelo era resistente a condiciones adversas como al agua, polvo y golpes, así que esperaba que le durasen más que los anteriores. Pensó que sería una gran compra y los añadió a su cesta, junto a las cámaras y sensores de movimiento. Esa noche, al volver a casa, haría toda la instalación de vigilancia. Al finalizar las compras se dirigió a los laboratorios donde continuó trabajando hasta tarde.

Al día siguiente, al llegar a las oficinas de BioBrain Dynamics había un gran alboroto. Samantha, algo confusa, preguntó qué pasaba. James Cooper, uno de los técnicos, le dijo que ya habían nacido Adán y Eva. Todo transcurría más rápido de lo que hubiera podido imaginar. Trabajar para una gran compañía tenía sus ventajas.

4.

Eva y Adán

"La inteligencia artificial es una herramienta para aumentar nuestra propia inteligencia, no para reemplazarla."

– Garry Kasparov

ntes de avanzar hacia las siguientes etapas de ensayos en humanos, era común utilizar ratones para estudiar y probar tratamientos médicos.

Los ratones seleccionados, varias parejas de machos y hembras, habían sido criados en los laboratorios que BioBrain Dynamics disponía para esos cometidos. Los ratones se habían reproducido, bajo condiciones controladas, en las instalaciones de sus laboratorios. Los roedores de prueba debían tener unas características genéticas específicas.

Había pasado ya un mes y medio desde el nacimiento de Eva y Adán, la primera de las parejas seleccionadas para el estudio del

Alzheimer. Con los ratones ya preparados, se podían empezar las pruebas de implantes desarrollados por BioBrain.

Después de intenso trabajo junto al equipo multidisciplinario de BioBrain Dynamics y gracias al desempeño de toda el área, habían conseguido el primer prototipo de implante para ser probado en ratones.

Samantha estaba pletórica, al igual que todo el equipo que formaba parte del proyecto.

Allí presente también se encontraba Marc que coordinaría la cirugía. La cirugía la realizaría uno de los médicos residentes del equipo y de su total confianza.

La intervención supondría una incisión en el cerebro hasta llegar al hipocampo. En ese punto del área afectada, encastarían el implante. Esa parte del cerebro albergaba tanto la memoria a corto plazo como la consolidación de la memoria a largo plazo.

En los enfermos de Alzheimer, esa zona se ve afectada, por lo que el objetivo del implante sería restablecer las funciones perdidas.

Samantha fue hasta las jaulas de los ratones para dárselos a Marc. Se había encariñado con ellos. Después de tantas semanas observándolos, se habían convertido en algo así como unas pequeñas mascotas.

Eva y Adán era la primera pareja de ratones elegidos.

Se trataba de unos roedores tratados genéticamente para desarrollar Alzheimer y sufrían los mismos problemas que los pacientes de esta enfermedad: acumulación de proteína beta-amiloide, lo que producía la inflamación del cerebro. Esta inflamación, como Samantha ya había visto en las imágenes de pacientes enfermos, provocaba las dificultades para recordar y aprender.

Había tres parejas de ratones más. Dos de ellas sanas y la otra pareja eran ratones con marcadores genéticos para desarrollar Alzheimer, pero a los que no se les realizaría el tratamiento. Estas dos últimas parejas formarían parte del grupo de control.

El equipo estaba preparado para proceder a la intervención.

Se trataba de perforar el pequeño cráneo hasta llegar al cerebro y con una micro inyectadora insertarían el implante en el mismo.

En este caso, al tratarse de cirugía en ratones, el proyecto también contaba con un equipo de veterinarios especializados en cirugía de animales de laboratorio. Ellos mismos brindarían apoyo para garantizar el éxito de esta misma.

La operación no duró demasiado. Ahora tenían que esperar a que los ratones se despertaran de la anestesia y recobraran la conciencia. Después de permitirles descansar un poco, comenzarían con las primeras pruebas, pero eso lo dejarían para el día siguiente. En las próximas horas verificarían que los implantes estuvieran correctamente conectados con el objetivo de que pudieran enviar señales eléctricas. Más tarde, los ratones serían sometidos a un entrenamiento a fin de que se acostumbraran a los implantes. ADA monitorearía su comportamiento y función cognitiva.

La cirugía había ido como se esperaba y ahora tenían que observar la evolución de los ratones antes de empezar con los entrenamientos. Samantha se despidió de Marc y del equipo y se dirigió a su apartamento. Desde allí podría descansar y monitorizar los implantes. ADA le notificaría cualquier evento que se encontrase fuera de los parámetros esperados.

Antes de dirigirse al apartamento, su teléfono móvil empezó a sonar. El sonido siempre la inquietaba a esas horas, interrumpiendo su concentración en el trabajo. Aunque ya estaba recogiendo sus cosas para irse a casa, su mente aún no había desconectado por completo. Al otro lado de la línea se encontraba la secretaria de su ginecóloga, recordándole que debía hacerse la revisión. Sabía que no podía posponer la cita, tal como ya le había avisado su madre hacía unas semanas. Aunque le apasionaba la ciencia, solía aplazar las revisiones relacionadas con su propia salud. Sin embargo, en este caso no podía permitirse faltar a la cita.

Lamentablemente, hacía dos años su diagnóstico médico reveló un cáncer de ovarios en etapa avanzada. Los doctores le explicaron el tratamiento necesario y los posibles efectos secundarios. A pesar del shock inicial, decidió enfrentar la situación con valentía y determinación confiando en que podría superar esa difícil prueba.

Había sido un duro golpe para ella y su familia. Aunque Samantha nunca había considerado la idea de tener hijos, era consciente de que sus padres anhelaban convertirse en abuelos.

Ellos tuvieron que enfrentar primero la enfermedad de su única hija y luego lidiar con el impacto de que ya no podría concebir sus propios hijos.

Samantha superó la enfermedad y se recuperó en los meses posteriores. Los médicos habían decidido realizar una cirugía salpingo-ooforectomía bilateral[4]. Se había conservado el útero, pero debido a la urgencia de la cirugía no había sido posible extraer los óvulos para su preservación y uso, con el fin de tener descendencia en el futuro.

Los padres de Samantha, aliviados al ver que su hija se recuperaba, tuvieron que aceptar que no podrían tener nietos biológicos. Por otro parte, conociendo a Samantha sabían que, por el momento, su carrera era su principal prioridad. A pesar de la tristeza que les generaba no poder tener nietos, se veía compensada con tener a su única hija con ellos.

Acordó con la secretaria el día y la hora para ir a hacer la revisión.

Colgó la llamada y una vez apuntada la cita se dirigió hacia su apartamento. De camino a su apartamento comenzó a reflexionar que, a pesar de su agotamiento, encontraba su trabajo fascinante y apasionante. No obstante, era consciente de la importancia de desconectar y tomar tiempo para sí misma. Estaba considerando la posibilidad de invitar a Marc a disfrutar de una comida fuera de las instalaciones del hospital y del laboratorio, alejados del ambiente laboral. Sin embargo, a menudo se daba cuenta de que, entre las responsabilidades y el ritmo acelerado, no encontraba ni siquiera un momento para pensar en comer relajadamente.

---

[4] *Cirugía para extirpar ambos ovarios y ambas trompas de Falopio.*

Una vez ya en el apartamento, Samantha aprovecharía para entrenar a ADA con más modelos genéticos. Esa noche lanzaría una serie de procesos para que la IA fuera aprendiendo y aumentando su red de conocimiento.

Había acabado con los procesos, se había hecho tarde y necesitaba descansar. Después de un largo día de trabajo, Samantha decidió tomar una cena ligera. Se preparó un yogurt con trozos de frutas y lo acompañó con un plátano más bien maduro. Al no disponer del suficiente tiempo para ir a comprar, las opciones de su nevera eran más bien escasas. Saboreó cada bocado mientras repasaba mentalmente los eventos del día.

Encendió la televisión para desconectar un poco del proyecto.

Decidió conectarse al canal de noticias 24 horas. A pesar de no ser alguien que soliera seguir las noticias, buscaba escapar de la carga mental del día. Esperaba que esos minutos de desconexión le pudieran brindar un respiro, al menos por un momento.

En el canal de televisión se estaba transmitiendo la nueva misión espacial tripulada de la NASA, conocida como la misión Eos[5]. Esta ambiciosa misión tenía como destino la luna de Júpiter, Europa. Desde hacía años, Europa había capturado el interés de los científicos debido a la presencia de agua bajo su superficie. Este descubrimiento habría llevado a especular sobre la posibilidad de vida microbiana. El propósito de la misión era abrir nuevas perspectivas sobre la habitabilidad en otros mundos, lo que

---

[5] *Eos en honor a la diosa griega del mismo nombre, conocida en la mitología griega como la diosa del amanecer.*

la convertía en un hito significativo en la exploración espacial. Ya hacía unos años se había conseguido, con éxito, explorar la superficie de Marte.

La sobre explotación de los recursos terrestres y las consecuencias del cambio climático estaban acelerando la existencia de misiones para explorar el espacio. En la pantalla de su televisor pudo ver algunas imágenes de la superficie de Júpiter que habían sido capturadas desde la sonda Juno. A Samantha le apasionaban las noticias sobre el espacio. Siempre le pareció un tema fascinante y esperaba algún día, aunque sólo fuera como *hobby,* poder indagar más sobre las últimas tecnologías.

La Tierra estaba sufriendo un agotamiento excesivo de recursos, pero en el fondo sabía que la solución no era dejar a la Tierra exhausta y emigrar al espacio. Samantha creía que había que poner controles para frenar esa desmedida sobre explotación. Ya hacía décadas que se reunían los países de todo el mundo para encontrar soluciones, pero había demasiados intereses de por medio.

En fin, su mente nunca desconectaba, siempre intentando solucionar los problemas del mundo.

Eso le hizo pensar, sin venir muy al caso, que necesitaba implementar una interfaz de voz para ADA. No sólo eso, también estaría genial que desde el reloj pudiera visualizar en formato holograma imágenes o datos de resultados de las consultas con ADA. Más tarde decidió que debía descansar, que necesitaba relajarse dándose una reconfortante ducha.

Finalmente, se deslizó bajo las sábanas de su cama y se acomodó. Poco a poco, se dejó llevar por el sueño reparador que la esperaba, deseando descansar y recargar energías para el día siguiente.

Mientras Samantha descansaba, de forma remota, ADA había sido activada. En el monitor se proyectaban líneas de código. Eran modelos de entrenamiento en curso. Sin embargo, esos modelos no eran los esperados. Paralelamente al modelo de datos insertado por Samantha, se encontraban datos ajenos a la investigación. Los procesos continuaron durante horas, hasta que finalmente el monitor quedó en negro, con el cursor parpadeando.

5.

Anomalía

"La inteligencia artificial y la robótica no son un fin en sí mismos, sino herramientas que permiten a las personas hacer cosas que antes no podían hacer."

- Rodney Brooks, director MIT Computer Science and Artificial Intelligence Laboratory

A la mañana siguiente, Samantha fue a los laboratorios de BioBrain Dynamics.

Adán y Eva habían pasado una buena noche. Parecía estar todo estable.

Samantha se sentó enfrente a su portátil para observar los registros de monitorización. Los registros mostraban valores adecuados, todo parecía indicar que en breve podrían empezar con las pruebas cognitivas que Marc y el equipo del hospital estaban preparando.

Samantha accedió a la aplicación para visualizar el registro de actividad de ADA. Parecía todo correcto, pero se dio cuenta de algo que no tenía sentido. Había un salto de tiempo en los registros. Eso no era posible, debía de tratarse de un error en la visualización de la información. Cerró la aplicación y accedió directamente a los ficheros. Allí vio que, efectivamente, había un salto en el tiempo en la actividad de ADA. Eso era extraño, más que extraño no era posible. No se había producido ningún corte de suministro eléctrico, de ser así la empresa disponía de generadores de corriente con bastante capacidad. Pero ese tampoco había sido el caso.

Samantha disponía de un proceso en la nube de volcado de información. Allí podría comprobar la copia de seguridad. Si alguien había manipulado los registros, podría comparar con la copia anterior. Samantha vio algo que la sorprendió aún más. En la copia que se guardaba automáticamente, había líneas de registro que no correspondía con las suyas ni con las de nadie del equipo. Era una codificación de números. No sabía de donde había salido esa información. Fue a hablar con el departamento de Sistemas para saber si habían detectado algún acceso a la red ajeno a la empresa. Tenía que averiguar qué había pasado. Esos registros podrían alterar el comportamiento de ADA y el proyecto podría fracasar. Fue a hablar con Adrien, el responsable de la red. Adrien le dijo que lo comprobaría de inmediato.

Adrien era el más experto en el departamento de Sistemas y uno de los que llevaba más tiempo en la empresa, así que confiaba en que, si había algo, él lo encontraría. Miraron juntos los paneles de control donde se monitorizaba la información de la red. En cualquier caso, le informó que, si se hubiera producido algún intento no autorizado de acceso a la red, el departamento contaba con un sistema de alertas que les hubiera notificado cualquier incidencia.

También le comentó que el acceso desde el exterior era casi imposible, dado que la entrada a la red estaba aislada como si se tratara de un bunker. De todas formas, Adrien empezó a deslizar los dedos por el teclado para acceder a la información de la monitorización de la red e ir directamente a la franja horaria que le había indicado Samantha. Cómo ya se esperaba Adrien, a la red no había accedido nadie ajeno al proyecto.

Samantha le dio las gracias por su tiempo y se fue al laboratorio. Mientras caminaba le invadía un sentimiento de desasosiego. La información que le había dado Adrien, lejos de haberla tranquilizado la había preocupado aún más. Debía ser alguien de la compañía. Debía decírselo a Marc. ¿Quién querría sabotear el proyecto? Si no era esa la intención, ¿cuál era entonces?

Pensó que debía investigar también por su cuenta. Grabó las líneas de los registros donde había esa codificación para ver si podía averiguar algo más. Quería contárselo a Marc, pero por precaución, prefirió esperar a ver qué descubría, no quería alarmarlo innecesariamente, porque aún no estaba segura de lo que había encontrado. Generaría y monitorizaría protocolos adicionales de respuesta ante cualquier anomalía en el sistema. También hablaría con el equipo de desarrolladores, concretamente con Christine Osdol y Eduard Ferro y con el equipo de Sistemas para evaluar la seguridad y evitar cualquier acceso indeseado a la red.

Mientras tanto, Michael Turner se encontraba en la soledad de su despacho, absorto en los textos de los informes, ocupado rellenando documentos y revisando los proyectos, cuando de repente escuchó el estridente y molesto timbrazo del teléfono que resonó en el silencio del despacho. Era un número oculto. A esas horas de la noche solía padecer jaquecas, por lo que el sonido le resultó punzante, como si le clavaran agujas. Descolgó el teléfono y escuchó una voz al otro lado. Eran ellos.

6.

Michael

"La inteligencia artificial es la máxima expresión de la inteligencia colectiva de la humanidad."

- Ben Goertzel, científico cognitivo, investigador de inteligencia artificial

ichael, desde que recibió la llamada, hacía ya algunas semanas, se mostraba tenso y le costaba conciliar el sueño.

Sabía que su ansia de poder y su ambición no siempre eran buenas consejeras. Ya en el pasado le había pasado factura, pero esta vez debía ser más cauto para ocultar la misión. En el fondo sabía que tratar con esa gente podía ser muy peligroso.

Necesitaba obtener resultados, necesitaba tener los implantes funcionando. Le habían prometido una cantidad de dinero desproporcionada para este tipo de proyectos. Tenía que presionar más al equipo, pero, aunque él era el principal interesado de que todo saliera bien, sabía que este tipo de proyectos necesitaban de un tiempo previo de ensayos. Tenían que preparar la IA de Samantha.

A pesar de su falta de conocimientos técnicos, contaba con el personal adecuado para llevar a cabo esos cometidos con total discreción. Michael conocía bien quienes eran las personas en que podía confiar sin levantar desconfianzas. Debía ser extremadamente cauteloso para asegurarse que el proyecto continuara sin despertar ninguna sospecha ni revelar sus actividades ocultas.

Se estaba haciendo tarde y Michael se encontraba exhausto. La ansiedad y el insomnio que le generaba el proyecto lo estaban llevando al límite de su energía, pero sabía que la recompensa por su arduo trabajo valdría la pena, superando con creces cualquier sacrificio.

Ahora necesitaba ir a casa, con la esperanza de que no tuviera que recurrir a ningún ansiolítico o somnífero para poder descansar.

Recogió sus pertenencias y se dirigió al estacionamiento en busca de su Bentley Continental, uno de los tres lujosos automóviles que podía darse el capricho de tener, como resultado del dinero que percibía por llevar a cabo diferentes proyectos extraoficiales.

Una vez en el estacionamiento, se dirigió hacia su vehículo y se sentó en el asiento del conductor. Justo cuando estaba a punto de encender el motor, sintió una presión fría en la nuca, como el contacto de un caño de hierro. En ese mismo instante, un escalofrío helado recorrió su columna vertebral al darse cuenta de que le estaban apuntando con un arma de fuego. Seguidamente, una voz grave interrumpió el silencio.

—No te gires, ni te muevas, ni grites, pues será lo último que hagas —amenazó la voz en la sombra desde asiento trasero—. Levanta las manos y no hagas gestos extraños. Voy a ser breve, pues soy un tipo de pocas palabras. Mi jefe me ha dicho que te envíe un recadito. Necesitamos los implantes con el software de la IA funcionando. No queremos más demoras. ¿Queda claro? —inquirió la voz desde la oscuridad del asiento trasero.

Michael, aún en shock no podía responder, por lo que el individuo presionó aún más el caño del arma en su nuca.

—¿Queda claro? —repitió de nuevo al observar que no obtenía ninguna respuesta.

Michael, sumido en un profundo pánico, solo logró asentir con la cabeza. La figura en la sombra se dio por satisfecha con el gesto y abandonó el vehículo, advirtiéndole que no se le ocurriera llamar a seguridad.

Durante los siguientes minutos, Michael se mantuvo con los brazos en alto, todavía impactado por la situación. Su camisa estaba empapada en sudor. Era consciente de que lidiar con esa gente tenía un precio adicional.

Esa noche Michael se propuso mover algunos hilos para agilizar los asuntos pendientes. Sabía que era temprano para abordar ciertos temas del proyecto que aún se encontraban inmaduros. Pero también sospechaba que no podía discutir un proyecto de ese calibre con esos individuos. Esa clase de personas no entendían de razonamientos.

Al llegar a casa, realizaría algunas llamadas. Intuía que esa noche tampoco podría dormir.

7.

Una propuesta para Claire

"Como tecnólogo, veo la IA como la cuarta revolución industrial que afectará a todos los aspectos de la vida de las personas."

-Fei-Fei Li, profesora de ciencias de la computación en la Universidad de Stanford

Esa mañana Marc se había dirigido hacia el Hospital para hacer la ronda de pacientes. Su primera visita sería la Sra. Alice Whitmore, una adorable anciana de 82 años que había dedicado toda su vida a la enseñanza, primero como profesora de ciencias y más tarde como decana en una reconocida universidad. Al llegar al Hospital, el Dr. Marc Craig caminó hacia los ascensores para llegar a la planta donde la Sra. Whitmore y su familia lo estarían esperando en la habitación.

Los rizos de la Sra. Alice Whitmore se le amontonaban en su frente, ligeramente sudorosa, debido al calor habitual de esa estación del año. Sus ojos vidriosos denotaban sabiduría, aunque se podía leer en ellos una mirada de confusión y algo de angustia. A nadie le gustaba la sensación de sentirse desorientado y confundido.

El mundo a su alrededor se había vuelto caótico. La percepción del tiempo ya no era como antes, había perdido su significado para ella, ya no se trataba de una secuencia progresiva hacia adelante; los minutos ya no contaban. A veces se sentía atrapada en un mismo instante congelado en su retina. Su día a día se había convertido en un desafío. Las tareas cotidianas se volvían confusas y requerían de mucha energía para descifrarlas. El espacio-tiempo había adquirido un sentido diferente ahora. Tan solo el hecho de salir a la calle se había tornado un reto, incluso una aventura peligrosa.

En la última ocasión que intentó dar un paseo, apenas logró avanzar unos escasos metros desde su portal. Pocos instantes después de salir de su portal, se había percatado de que se encontraba completamente desorientada, sin tener idea del lugar en el que se hallaba. Sólo habían transcurrido algunos minutos desde que hubiera salido a la calle, en aquella calurosa mañana, pero para ella había sido una eternidad. Allí fuera se hallaba Alice, vagando, sin saber dónde se encontraba. Esa ciudad, que en el pasado le había resultado familiar y solía recorrer con confianza, ahora se había convertido en un lugar completamente ajeno y hostil. El mundo a su alrededor era distinto a cómo lo recordaba.

Estaba desorientada, se sentía perdida y en completa soledad. En ese instante, la niña que había en ella lloraba de la impotencia que sentía, abrumada por la confusión que la invadía. Y allí estaba ella, vulnerable ante ese desafiante y desconocido entorno. Desconcertada, plantada en la acera, con el bullicio de gente pasando rápidamente a su alrededor, sumergida en una eterna prisa.

Podía oír los cláxones de los coches sonar. La música alta de algunos viandantes pasar. Podía ver los destellos de las luces de los semáforos cambiar.

Girando sobre sus talones y mirando al cielo, sólo alcanzaba a vislumbrar las imponentes edificaciones de ladrillo. No reconocía donde estaba. La ciudad se había convertido en un entorno de tonos grises sin sentido. Todos los sonidos de la ciudad la confundían. Sólo lograba distinguir siluetas de personas que avanzaban apresuradamente por la acera, desfilando a ambos lados de ella sin apenas notarla, sumidas en sus propias conversaciones y pensamientos. Alice se había vuelto invisible al mundo.

En ese momento notó un brazo que se deslizaba bajo el suyo y la sujetaba.

—Querida Sra. Whitmore, ¿está bien? La llevaré de vuelta a casa —susurró su vecina con clara preocupación, quién la había estado observando desde que ella abandonara el portal. Al ver que Alice mostraba signos evidentes de desorientación salió en su busca. Alice se dejó llevar, aún sin saber muy bien a quién pertenecía la voz que le estaba hablando.

Como resultado de ese episodio, la familia había tomado la decisión de no permitirle salir sola a la calle. La hija de la Sra. Whitmore había contratado a una enfermera para que estuviera a su lado y así evitar nuevos incidentes.

Los síntomas del Alzheimer se habían intensificado en las últimas semanas, lo cual había motivado que la hija de Alice, Claire Wilson, pidiera una visita al hospital para que pudieran examinar a su madre.

En la habitación del Hospital General, junto a la Sra. Alice Whitmore, se encontraban su hija Claire y su nieta Allison. Claire Wilson, ataviada con un traje de corte clásico, estaba absorta en una llamada telefónica aparentemente importante relacionada con su trabajo. Mientras tanto, Allison, vestida de manera sencilla y cómoda, llevaba consigo varios libros universitarios, probablemente de la carrera que estaba estudiando.

Allison le sujetaba la mano a su abuela con ternura, brindándole tranquilidad en medio de toda la confusión. Fue la primera en hablar al entrar Marc en la habitación.

Marc había estado examinando la tomografía que le habían realizado a Alice Whitmore, unos minutos antes. En ella se podía ver que la zona afectada de su cerebro había aumentado por la acumulación de placas beta-amiloides. Eso incrementaba la inflamación y explicaba que los signos de desorientación y comportamiento errático hubieran aumentado, así como otros indicativos en los que parecía incluso, en ocasiones, no reconocer a familiares y amigos, como constaba en la hoja de ingreso de Alice.

—Soy el Dr. Marc Craig, el neurocirujano encargado del caso de la Sra. Whitmore —dijo Marc mientras extendía la mano a Allison.

—Buenos días, Dr. Craig. Soy Allison, la nieta de Alice —dijo de forma firme y energética, dándole la mano—. ¿Cómo se encuentra mi abuela?

Marc señaló el pasillo a Allison para poder dirigirse hacia allí y conversar más tranquilamente. Allí se incorporó a la conversación Claire, que ya había finalizado su llamada telefónica. Marc les explicó la situación, mostrándoles la tomografía y señalando la zona más afectada. Se les notaba muy afligidas al ver las imágenes y escuchar lo que estaba explicando el Dr. Craig. Sabían que el Alzheimer era una enfermedad degenerativa y sin cura, así que sintieron una gran impotencia.

—Ya sé que no hay cura, ¿pero se podrían mitigar los síntomas? —preguntó con un profundo pesar Allison, quién tenía un fuerte vínculo con su abuela.

—Podemos aumentar su medicación con galantamina[6], esto la ayudará a mejorar algunos síntomas de su enfermedad. Ellas asintieron algo aliviadas, aunque era evidente su preocupación.

Marc pensó que Alice podría ser una buena candidata para el proyecto que estaban llevando a cabo con los implantes y la tecnología de Samantha. Marc dirigió a Claire y a Allison hacia

[6] *Es un inhibidor de la colinesterasa (1) que ayuda a mejorar la función cognitiva.*

(1) *La colinesterasa es una enzima esencial para la transmisión de las señales nerviosas.*

un sitio más apartado y tranquilo; la sala de reuniones que había en esa misma planta, para que pudieran conversar sobre el tema. Necesitaba explicarles bien el proceso.

Les estuvo comentando que estaban desarrollando unos implantes que utilizaban IA y cómo estos implantes ayudarían a pacientes que ya habían desarrollado la enfermedad, de forma que les permitirían, en cierta manera, recuperar su vida anterior.

Claire Wilson se mostraba reticente sobre lo que les estaba contado el Dr. Craig. No quería que su madre formara parte de ningún experimento. Temía también los posibles efectos secundarios y riesgos asociados a la intervención, así como la incertidumbre de cómo afectaría a la personalidad e identidad de su madre. Además, en el caso de su madre, con problemas de coagulación, una intervención de ese calibre supondría un riesgo adicional. Claire no estaba segura, no quería perder la esencia de su madre, pero lo que era una realidad es que la enfermedad en sí, ya se la estaba robando. Sería muy duro enfrentarse al momento que les dejara de reconocer y no sabía si estaría preparada para ello.

—Dr. Craig, siento no poderle dar una respuesta, aún estoy algo confusa y no quiero decidir nada precipitadamente. —respondió Claire, vagamente.

—No se preocupe, Sra. Wilson, lo entiendo perfectamente es un tema delicado y debe pensarlo con cautela. Le enviaré por correo toda la información disponible, lo único que no le puedo decir es que se tome todo el tiempo necesario en la decisión, ya que en nuestro caso el tiempo juega en contra —el Dr. Craig se despidió, al mismo tiempo que hija y nieta volvían a la habitación con Alice.

Marc, mientras tanto, debía reunirse con la directora del Hospital para presentar posibles candidatos con los que le gustaría iniciar el tratamiento, una vez hubiesen completado la fase de pruebas en el laboratorio. Aún era pronto para confeccionar la lista, pues necesitaría la confirmación formal de las familias, pero su intención era comenzar las conversaciones con la Dirección del Hospital, en paralelo, para agilizar los trámites.

De camino a la planta de Dirección, coincidió en el ascensor con Claudia, su hermanastra. Claudia era su hermana por parte de padre. Su padre se había divorciado hacía ya veinte y nueve años y Claudia era fruto de su segundo matrimonio. Marc y Claudia no eran especialmente cercanos, pero el hecho de trabajar en el mismo hospital les permitía mantener contacto y eran más colegas que familia. Ambos eran almas independientes y poco familiares, pero se tenían especial estima.

Claudia llevaba ya varios años desempeñando su labor como médico forense en el hospital. Después de saludarse, Marc le preguntó cómo había ido la noche, pues sabía que Claudia había tenido guardia la noche anterior. Claudia le explicó a Marc que había sido intensa, debido a un accidente en la autopista. El accidente se había producido por las malas condiciones climáticas causadas por una fuerte tormenta, inusual para esa época del año.

Se notaba en su rostro el cansancio evidente, sin embargo, ella se interesó por el progreso del nuevo proyecto, ya que había oído hablar en lo que Marc estaba trabajando. Él, consciente de que no era el momento ni el lugar adecuado, no profundizó en el tema. Prometió compartirle todos los detalles en otra ocasión más propicia, cuando ella estuviera más descansada y pudieran disfrutar de un encuentro más relajado.

Marc llegó a la planta de dirección y se fue al despacho donde estaba la Dra. Valeria Navarro. La Dra. Navarro era una cirujana reputada en su campo. En los últimos años había ejercido como jefa del departamento de cirugía y recientemente le habían ofrecido el puesto de dirección del Hospital tras la jubilación del antiguo director.

La Dra. Navarro le esperaba en su despacho, detrás de su imponente mesa de reuniones. Aunque se encontraba sentada en su cómoda silla de despacho, se intuía que se trataba de una persona de estatura alta y de complexión fuerte. Su cabello, elegantemente canoso, estaba peinado de manera favorecedora, lo cual revelaba que debía tener alrededor de los cincuenta años. Se acomodó las gafas y le pidió a Marc que se sentara. Marc le planteó la lista de pacientes a los que le gustaría someter el implante, una vez tuviesen la confirmación de las familias. La Dra. Navarro le comentó que estos temas se demoran y que a veces las familias se echan atrás. Le dijo que quizás estaba siendo demasiado optimista, puesto que aún no había hablado con todas las familias y mucho menos tenían la confirmación de éstas. Pero, sí, él era un tipo optimista y sabía que tarde o temprano las familias le darían el visto bueno.

Le aconsejó que fuera con cautela al plantear a las familias los efectos de este tipo de ensayos. Le dio el teléfono de un abogado para que le redactara un contrato de consentimiento para estos casos concretos. No quería tener ninguna demanda y que el nombre del Hospital se viera envuelto en eso. Marc lo entendió y asintió. Le agradeció su tiempo y sus consejos, como siempre.

Después de la reunión debía ir a los laboratorios de BioBrain Dynamics, para empezar con las pruebas con Adán y Eva. Habían pasado varios días y su evolución seguía siendo estable. Ahora era momento de exponerlos a diferentes estímulos y observar sus reacciones.

8.

Primeros ensayos

"Nuestra inteligencia es lo que nos hace humanos y la IA es una extensión de esa cualidad."

-Yann LeCun, informático francoestadounidense.

La pareja de ratones gozaba de buena salud y la cirugía había sido un éxito. Había llegado el momento de registrar sus funciones cognitivas.

Cuando Marc llegó al laboratorio, se encontró con Samantha sentada enfrente a su ordenador, totalmente concentrada en el monitor. Al verla coincidieron las miradas y notó como si quisiera decirle algo, pero al final vio que se limitaba a saludarle volviendo la vista a la pantalla. No le dio importancia en ese momento, pues los dos estaban inmersos en el proyecto. Más adelante, buscaría el momento adecuado para hablar con ella y preguntarle sobre el progreso de las evaluaciones con ADA.

Samantha, al ver llegar a Marc, sintió la necesidad de explicarle lo que había visto en el fichero de registro de ADA. En cambio, se limitó a saludar y pensó que mejor debía hablar con él más tarde, en privado.

Esa mañana comenzarían con algunas pruebas de laberintos. Los técnicos de laboratorio ya habían preparado previamente los ejercicios para evaluar el estado de los ratones.

Uno de estos experimentos consistía en situar a los ratones en un laberinto en forma de T, de esta forma podrían registrar su capacidad de asimilar conocimiento y la memoria espacial dentro del laberinto, donde el objetivo era encontrar la recompensa.

Estos ensayos ya habían sido realizados en los ratones antes de la cirugía de los implantes, lo que les proporcionaba una visión anticipada de cómo se esperaba que mejorara la situación cognitiva de los sujetos.

Marc se sentía impaciente en poner a prueba los ratones, quería ver como respondían a los distintos escenarios.

Otro experimento interesante por realizar era el aprendizaje condicionado. Estos experimentos se utilizaban para evaluar la capacidad de aprendizaje y memoria asociativa. Consistía en que los ratones tenían que relacionar una respuesta con un estímulo.

Marc estaba pletórico por empezar los ensayos. Se sentía como un niño con un juguete nuevo, ansioso por observar las diferentes pruebas y cómo reaccionaban los ratones ante los estímulos. Su emoción era abrumadora. De hecho, todo el equipo estaba entusiasmado. Todos excepto Samantha, quién a pesar de sentir alegría al ver su proyecto hecho realidad, también experimentaba una preocupación inquietante debido al descubrimiento que había hecho el día anterior. Hizo todo lo posible para no dejar que esa sensación negativa nublara su mente y comenzó a interactuar con ADA, utilizando el asistente de voz para iniciar la monitorización de los registros de los ratones.

Marc, pese a que quería registrar la evolución de los ratones lo antes posible en los diferentes laberintos, su mente analítica le conducía a ceñirse al protocolo de pruebas. No podían estresar a los ratones con tantas evaluaciones.

Uno de los laboratorios del centro de investigación BioBrain Dynamics, había sido habilitado como sala especial para recibir a los ratones. El Dr. Craig junto con el Dr. Thompson —quién lideraba el equipo multidisciplinar designado por Michael Turner—, y la Dra. Samantha Li, se dirigieron al equipo con entusiasmo. Samantha tuvo que poner su mejor cara para no aparentar su creciente preocupación.

—Hoy es un día muy importante en nuestras carreras. Esto será un hito en nuestras vidas y mejorará la vida de los pacientes de Alzheimer. El día de hoy marcará un antes y un después en el tratamiento de la enfermedad. Nuestros protagonistas Eva y Adán nos demostrarán que pueden hacer, así que no voy a dilatar más esta presentación y veamos de que son capaces estos pequeños sujetos —finalizó el Dr. Thompson.

Los técnicos de laboratorio ya habían preparado la batería de pruebas para esa semana. Había que continuar con el protocolo y procedimiento adecuados para seguir con la planificación establecida.

Uno de los técnicos, James Cooper, colocó al primer ratón, Adán, en el laberinto en T. Este laberinto consistía en un pasillo largo con múltiples bifurcaciones. Al final de uno de los brazos se encontraba la recompensa, un pedazo de queso.

Adán se mostró algo tímido al principio, pero poco a poco fue avanzando por el pasillo explorando las alternativas.

Adán empezó a investigar, de manera aleatoria, las diferentes opciones hasta que por fin dio con la recompensa. Repitió varias veces el laberinto hasta aprender la ubicación de la recompensa. En la última prueba fue increíble pues se dirigió directamente a donde estaba el premio.

—Es asombroso, esto demuestra su capacidad para adquirir memoria espacial y recordar exactamente la ubicación de la recompensa —dijo el Dr. Brian Thompson. La primera ronda de pruebas con Adán había sido todo un éxito y el equipo estaba pletórico.

Ahora era el turno de Eva. Procedieron con el mismo ritual que con Adán. Posicionaron a Eva y la dejaron que se familiarizase con el laberinto. No había prisa, necesitaban que los ratones se sintieran cómodos y relajados.

Eva también se mostró tímida al inicio, movía la cabeza de un lado otro arrugando el hocico en busca de la deliciosa recompensa. Empezó a moverse por los diferentes brazos del laberinto hasta hallar la recompensa. Tenían que observar, al igual que hicieron los investigadores con Adán, en cuantas interacciones lograba la recompensa. Volvieron a colocar a Eva en el inicio del mismo laberinto y quedaron asombrados al presenciar cómo avanzaba con determinación hacia el destino correcto, sin mostrar dudas ni vacilaciones. Eva partió desde el inicio del laberinto con una confianza inquebrantable, decidida a obtener su premio. El resultado fue simplemente impresionante, superando incluso las expectativas de los ratones sin la enfermedad. Sus habilidades de navegación y memoria espacial habían sido notablemente mejoradas, demostrando un avance sin precedentes en los estudios.

Aunque era pronto para determinar el éxito del proyecto, ya que este tipo de investigaciones requerían de mucho tiempo de observaciones minuciosas; realización de ajustes con los sujetos y ejecución de un amplio número de pruebas para recopilar datos significativos, se podía decir que era un gran inicio, un comienzo prometedor.

Todo el equipo estaba pletórico. Marc sabía que esto era un gran hito en su carrera. Tampoco Samantha podía ocultar su alegría ante los resultados, eran buenos, demasiado buenos.

9.

Primeros avances

"Cada máquina tiene inteligencia artificial. Y cuanto más avanzada se pone una máquina, más avanzada será la inteligencia artificial. Pero una máquina no puede sentir lo que está haciendo. Solo sigue las instrucciones, nuestras instrucciones, de los seres humanos."

–Abhijit Naskar, uno de los neurocientíficos más reconocidos del mundo.

En los posteriores días se llevaron a cabo más pruebas, no solamente con Eva y Adán, sino también con los otros sujetos del laboratorio, con el fin de contrastar resultados de ratones sin Alzheimer y ratones con Alzheimer, pero sin implantes.

Samantha, Marc y el equipo estaban inmersos en las pruebas.

Según la planificación, a los ratones de experimentación se les iban a plantear las evaluaciones de reconocimiento de objetos.

Los investigadores habían seleccionado una serie de objetos nuevos y de objetos que ya eran familiares para los ratones. Se les presentarían estos elementos y luego se les retirarían.

Los ratones con los implantes eran capaces de recordar los objetos y distinguirlos de los que eran nuevos, lo que evidenciaba una gran mejora en su memoria de reconocimiento.

Samantha monitoreaba con ADA la actividad cerebral. Estaba realizando un seguimiento minucioso a través de los implantes.

—ADA, muéstranos las ondas cerebrales —requirió Samantha a ADA.

ADA les mostró, en el gran monitor de la sala, el estado de las ondas alfa, beta, theta y delta. Estas ondas mostraban entre otros, el estado del nivel de relajación y alerta de la función cerebral.

Desde los diferentes monitores se podía observar el patrón armonioso de las diferentes ondas. Los resultados eran medidores del estado de concentración óptimo para el desempeño de las funciones cognitivas. Estos valores eran una buena señal de que los implantes estaban funcionando correctamente.

Los ratones de ensayo contaban con unos pequeños electrodos en su cerebro, que les permitía registrar la actividad neuronal mientras realizaban las diferentes pruebas.

—Samantha, ¿podemos monitorear la sincronización neuronal? —preguntó Marc que se encontraba de pie junto a su asiento.

Samantha le solicitó estos resultados a ADA. Por el momento la interfaz de voz sólo estaba implementada para reconocer la suya propia. El resto del equipo podía interactuar con ADA mediante la interfaz gráfica.

Rápidamente, por pantalla aparecieron unas imágenes de los cerebros de los ratones. Las distintas regiones de sus pequeños cerebros mostraban una comunicación fluida y coordinada, indicativo que las señales eléctricas estaban viajando de manera eficiente entre ellas. Era evidente que estos resultados, *a priori*, eran un indicio de que los implantes estaban ayudando a restaurar la conectividad neuronal. Los ratones también estaban siendo medicados para tratar las placas beta amiloides, al igual que en los sujetos humanos.

—Fijaos en los resultados de las pruebas del reconocimiento de objetos. Los sujetos están mostrando una activación más intensa y precisa a nivel neuronal —dijo entusiasmado Marc señalando el monitor. —Las señales eléctricas están encontrando un camino más claro y eficiente a través de las neuronas.

Era asombroso como la monitorización de la actividad cerebral proporcionaba una visión clara de la eficacia de los implantes. Además, ADA ayudaba a identificar patrones y tendencias en los datos recopilados, permitiendo un análisis más profundo y una comprensión más completa de la actividad cerebral en los ratones.

ADA, mediante algoritmos de aprendizaje automático, analizaba y detectaba patrones en los datos recopilados.

—ADA, ¿puedes mostrarnos los datos en visión 3D? —preguntó Samantha.

En ese momento apareció un holograma tridimensional con dos imágenes. En la parte izquierda se podía ver el laberinto con los ratones siguiendo el camino y en la parte de la derecha se observaba una imagen tridimensional del cerebro. Las partes en rojo representaban las áreas particularmente activas utilizadas para la estrategia de exploración.

Se iban alternando las diferentes partes iluminadas dependiendo de la función desempeñada en ese momento.

Las distintas áreas del cerebro se comenzaron a iluminar en tonos brillantes: las regiones asociadas con la memoria se identificaban en amarillo, mientras que las áreas vinculadas con la toma de decisiones aparecían en rojo.

Samantha movió la imagen del cerebro desde el holograma para ver toda la perspectiva.

Era increíble, las zonas se iluminaban de forma armoniosa como si estuvieran interpretando una partitura de piano. Las diferentes áreas estaban trabajando en conjunto coordinadamente.

Samantha empezó a teclear en su ordenador una serie de parámetros. Quería realizar algunas pruebas estadísticas para determinar las diferencias entre las medias de los grupos de control y los grupos de ensayo.

La muestra para estudiar no era muy grande y por esa razón quería realizar una prueba t de Student[7] para así comparar la media y saber si era estadísticamente significativa.

Mientras concluían las pruebas y Samantha supervisaba el estado de ADA, recibió una notificación de las alarmas que había instalado recientemente en su hogar. El corazón le dio un brinco, no deseaba volver a ser víctima de un robo y que destrozaran su apartamento de nuevo. Se despidió del equipo y se marchó a toda prisa. Marc quiso saber qué ocurría, pero cuando se dio cuenta Samantha ya había recogido y salía veloz por la puerta del laboratorio. Marc la intentó llamar al móvil, pero saltaba el contestador.

Mientras Samantha se dirigía a la salida del edificio de BioBrain Dynamics, comprobó la aplicación de seguridad de su apartamento en su móvil. Uno de los sensores de movimiento había saltado, concretamente el de la entrada. Accedió a las cámaras que enfocaban la puerta y pudo ver las imágenes grabadas minutos antes.

Samantha miró su móvil y vio la llamada de Marc. Lo llamó de vuelta para tranquilizarle. Fue muy escueta, sólo le dijo que tenía que volver a su apartamento. Marc le respondió que la llamaría más tarde para darle el detalle del avance de los ensayos.

---

[7] *La prueba t de Student fue desarrollada por el estadístico William Gosset, bajo el seudónimo de "Student" sirve para evaluar si hay diferencias significativas entre las medias de dos grupos y la variabilidad de los datos.*

10.

La nota

"La inteligencia artificial es como un martillo. Puede ser utilizado para construir una casa o para destruir una ventana."

- Sebastian Thrun, fue profesor de Inteligencia artificial en la Universidad de Stanford.

Era ya tarde, por lo que no encontró mucho tráfico en la ciudad. Samantha se bajó del taxi y fue hacia la puerta de su apartamento. Cuando abrió la puerta vio una nota y un sobre debajo de la puerta. Eso era lo que había visto en las imágenes de la cámara. La alarma había saltado al notar algo deslizarse bajo su puerta.

Samantha dejó las cosas en la mesa y se sentó. Abrió la nota y leyó lo siguiente: "No te fíes de nadie, BioBrain Dynamics está detrás de temas peligrosos". Le empezó a temblar el pulso y a sudar la frente mientras abría el sobre. Dentro del sobre había lo que parecía información confidencial sobre algún tipo de proyecto secreto de IA para aplicaciones militares. No estaba claro, dado que eran fragmentos recortados de alguna impresión.

La información la hizo sentir aún más vulnerable y expuesta.

¿Qué debía hacer con esa información? ¿Debía retirarse de la investigación? ¿Lo debía poner en conocimiento policial? ¿Por qué se lo habían hecho llegar a ella? El proyecto estaba yendo muy bien y ahora esto. Lo que acababa de recibir le hacía plantearse de nuevo la ética de la empresa. Se sentía abrumada y superada con los últimos acontecimientos. Por una parte, estaba feliz por cómo estaba funcionando el proyecto, pero por otro lado los recientes eventos le provocaban una ansiedad y un mal estar importante.

Se sentó y se empezó a masajear la sien en un intento de aliviar el dolor de cabeza que la estaba invadiendo. En ese momento la alerta del reloj sonó avisándola de su cita ginecológica en el Hospital.

Lo había olvidado por completo. La cita de su revisión era esa misma tarde y no podía faltar. Más tarde hablaría con Marc de forma urgente, eso no se podía demorar.

Bajó de su edificio y volvió a pedir un taxi, esta vez en dirección al Hospital. No dejaba de pensar en el sobre que acababa de recibir y en el suceso en los registros de los ficheros de ADA. Esa noche tenía que seguir indagando sobre toda esa información.

El taxi llegó a su destino y Samantha se apeó del vehículo en dirección del vestíbulo. El vestíbulo estaba bien iluminado y se encontraba ajetreado de personal y pacientes. Tomó el ascensor hasta la sexta planta para ir a la consulta de la Dra. Roberts.

Se sentó en la sala para ser llamada.

Mientras esperaba en la sala, se planteó la idea de llamar a Marc para contarle los últimos acontecimientos, pero dudaba si era el momento adecuado. Marc se mostraba pletórico con los avances del proyecto y Samantha sentía la necesidad de investigar más, antes de revelarle lo sucedido. Decidió posponerlo por el momento, consciente de que los recientes eventos habían cambiado la situación por completo.

—¿Dra. Samantha Li? —preguntó una enfermera al abrir la puerta de la consulta.

—Sí, soy yo —respondió con voz ligeramente quebrada. En realidad, no había prestado mucha atención a su chequeo médico, apenas habían pasado dos años desde que superó el cáncer. El trabajo la mantenía completamente inmersa y, de cierta manera, eso era conveniente para distraer su mente de todo el sufrimiento pasado. De hecho, su labor e investigación se habían convertido en una especie de terapia para su recuperación, aunque admitía que sonaba un tanto ambiguo.

Samantha entró en la consulta y saludó a la Dra. Roberts, una mujer menuda de cabello oscuro ensortijado.

La enfermera la acompañó hasta el vestidor para que se cambiara y se pusiera la bata para facilitar la exploración.

—Vamos a proceder a la revisión —le señaló la camilla para que se acostara una vez ya fuera del cambiador.

—¿Qué tal, Samantha? ¿Cómo te has encontrado? —le preguntó afablemente la ginecóloga, mientras realizaba la extracción de células del cuello uterino.

La pregunta era sencilla, pero Samantha se encontraba en tensión debido a los últimos acontecimientos, lo que dificultaba su respuesta.

—Bien, supongo, con alguna jaqueca ocasional, principalmente debido a trabajar hasta altas horas —contestó escuetamente Samantha.

—De acuerdo, Samantha, pero recuerda no excederte. Debes descansar más. Tu cuerpo aún se está reajustando tanto física como emocionalmente y todavía se está adaptando a los cambios hormonales. Eres joven y tienes toda la vida por delante.

—Es cierto doctora, a veces es complicado pensar en una misma —contestó pensativa Samantha.

—¿Has considerado la posibilidad de tener hijos, o es una opción que te planteas? —Le preguntó la Dra. Roberts mientras realizaba la exploración.

A Samantha se le nubló un poco la mente ante tal sorprendente pregunta, pues ni lo había considerado y menos en ese momento de su carrera.

—Realmente no lo he contemplado, ciertamente no estaría en mis planes —contestó algo tímidamente.

—Sabes que la pérdida de ovarios no implica que no puedas ser madre. En el momento que te sientas preparada, podríamos considerar la opción de recurrir a una fertilización utilizando los óvulos de una donante. Si tus exámenes médicos y los resultados oncológicos son favorables, podríamos explorar esta opción, si así lo desearas, por supuesto. Te daré el contacto de una clínica. Ya sé que es posible que no sea una opción que hayas considerado todavía, pero eres joven y quizás cambies de opinión con el tiempo.

Samantha estaba algo confusa entre los acontecimientos del día y ahora el planteamiento de la doctora de formar una familia, todo ello le provocaba cierto desbordamiento mental.

No le contestó, aún estaba procesando las palabras de la doctora. Formar una familia no entraba en sus planes y mucho menos después de todo el proceso de recuperación tras haber sufrido cáncer.

—Muy bien, la exploración del pecho parece estar completamente en orden. Igualmente pediremos una mamografía.

A continuación, le introdujo el transductor[8] para explorar en detalle los órganos pélvicos.

—Veo el fibroma uterino, pero como ya te comenté en las últimas revisiones, ni es peligroso ni cancerígeno. Sigue presentando el mismo tamaño—. Me alegra ver que todo está yendo según lo esperado. Enviaré la citología[9] al laboratorio. Si hubiese algo a comentar te llamaría. Recuerda especialmente la

---

[8] *Es un ultrasonido para realizar una ecografía vaginal.*

[9] *Es un procedimiento médico que recoge las células del cuello uterino para detectar presencia de lesiones precancerosas. Su objetivo es prevenir y diagnosticar tempranamente cualquier anomalía.*

importancia de descansar y reservar tiempo para ti misma. Ya puedes pasar a cambiarte.

Samantha se dirigió al vestidor. Claramente la doctora no tenía conocimiento alguno de los sucesos que estaban impactando a Samantha. Dedicar tiempo para ella misma no estaba en sus planes y mucho menos considerar formar una familia, como la doctora había sugerido.

—Samantha, ¿cuándo tienes cita con el Dr. Stevenson?— preguntó la ginecóloga, mientras Samantha se cambiaba.

—Me citaron hoy, después de la revisión, así que ahora iré directamente a su consulta —contestó Samantha saliendo ya cambiada del vestidor.

—Muy bien, nos vemos en tu próxima cita, no olvides pedir hora antes de irte.

—No se preocupe doctora, muchas gracias por todo.

Se despidieron y Samantha fue directamente a la ventanilla de la planta de ginecología para volver a pedir cita. El chico de la ventanilla pronto tecleo en el ordenador y tomó nota para la siguiente cita.

Samantha, que había creado una interfaz tanto visual como de voz, se comunicó con ADA para que le añadiera la cita en la agenda. Había integrado a ADA con su calendario, así podía sugerirle plazos de entrega del proyecto en tiempo real y la evolución de este.

Samantha se dirigió al ascensor, pero pensándolo mejor decidió usar las escaleras para ir a ver al Dr. Stevenson.

El Dr. Stevenson era el oncólogo de confianza de Samantha, encargado de llevar a cabo sus revisiones periódicas y supervisar su estado.

Se encontraba en la sexta planta, con lo cual sólo tenía que bajar unas pocas plantas hasta la consulta de oncología.

Bajando las escaleras de la tercera planta, se cruzó con Marc, que las estaba subiendo en ese momento.

—Samantha, te estaba buscando. Me dijeron que hoy tenías revisión y me dirigí al Hospital a buscarte. Te vi preocupada y no había conseguido hablar en todo el día contigo. ¿Todo bien? —le preguntó Marc notablemente preocupado.

—Todo bien, Marc. El resultado de la revisión fue bien y me llamarán si hubiera algo relevante proveniente de las pruebas del laboratorio. Ahora justo me dirigía a la consulta del Dr. Stevenson.

—¿Quieres que te acompañe? —preguntó Marc

—Agradezco tu ofrecimiento, pero preferiría ir sola. No creo que la consulta me tome mucho tiempo.

—Cómo desees, pero si quieres hablar yo estaré en la quinta planta pasando revisión a mis pacientes.

Samantha sí que quería hablar, pero no era su salud la que le preocupaba. Quería indagar más antes de inquietar a Marc con sus preocupaciones.

Se despidieron y Samantha siguió bajando hasta la segunda planta.

Desde allí se dirigió hasta la consulta de oncología. Había llegado con unos minutos de retraso, pero normalmente el doctor siempre se demoraba con los pacientes, así que se sentó esperando ver pronto su nombre en la pantalla de la sala de espera.

Estando sentada le vinieron los recuerdos de cuando le habían diagnosticado el cáncer, la avalancha de pensamientos que le invadieron ante tal grave diagnóstico. Recordó como la incertidumbre y la tristeza se apoderaron de ella, mientras luchaba por procesar tal información. Una mezcla de miedo y ansiedad la abrumó por completo. Recordaba la sensación de vulnerabilidad y fragilidad, pues el tratamiento podía tener éxito o bien fracasar en el intento. Esa impotencia de saber que seguir adelante en este mundo se convertía en un juego de azar de cara o cruz.

Pero allí estaba ella, con el destino esta vez a su favor, aunque la sombra del cáncer todavía estaba presente en su mente y la inquietud de que el fantasma de la enfermedad regresara la invadía.

Mientras estaba sumergida en sus pensamientos, pudo ver su nombre iluminado como el siguiente paciente en la pantalla de la sala de espera.

Se levantó y se dirigió a la consulta. Allí estaba el Dr. Stevenson esperándola. Se levantó de la silla al verla entrar y la fue a saludar.

Su apariencia era impecable. Su pelo oscuro estaba totalmente peinado hacia atrás. Sus ojos marrones intensos exploraban su mirada con la precisión de un escáner.

—¿Cómo se encuentra, Dra. Li? —preguntó afablemente el Dr. Stevenson invitándola a tomar asiento.

Realmente ese día no era el mejor día para ese tipo de preguntas. Su cabeza no pensaba con claridad, sólo quería regresar a casa para recabar más información sobre BioBrain Dynamics, pero había transcurrido ya parte de la tarde allí, en el Hospital y su nerviosismo aumentaba.

—Bien, Dr. Stevenson —logró contestar escuetamente.

—Me alegro mucho. Sé que no es fácil reponerse y lidiar como tú lo has hecho. Eres una persona de gran fortaleza.

—Gracias, le agradezco sus palabras, son muy importantes para mí —contestó brevemente, aunque en ocasiones las inseguridades y los miedos se apoderaban de ella.

Después de una breve charla, el médico le comentó que se pusiera cómoda en la camilla para empezar la exploración. Mientras Samantha se dirigía a la camilla, el Dr. Stevenson tecleaba en su ordenador.

—Veo que la Dra. Roberts ya ha actualizado tu historial con las últimas pruebas y está todo correcto —comentó el doctor mientras caminaba hacia donde se encontraba Samantha.

—Sí, ya realicé las pruebas con la Dra. Roberts.

—Perfecto, ahora voy a realizar un examen de tu estado general revisando los ganglios linfáticos —comentó el Dr. Stevenson revisando a la paciente.

Cuando el doctor acabó la exploración acompañó a Samantha de nuevo a la silla. Allí el doctor se sentó detrás de su escritorio y empezó a teclear en el ordenador.

—Bien, Dra. Li, voy a pedir una analítica general para verificar los niveles de la proteína CA-125[10]. Además, te solicitaré una tomografía para realizar un seguimiento más detallado. Los resultados de la analítica te llegarán a tu correo electrónico. Si viéramos algo a destacar te llamaríamos de inmediato.

Samantha se levantó y le dio las gracias al Dr. Stevenson. Al salir de la consulta se dirigió directamente a la ventanilla para solicitar cita para la analítica encomendada por el doctor. Allí tomó nota del día y la hora.

Al dirigirse hacia las escaleras recordó que Marc estaba preocupado por ella y que le había comentado que lo fuese a ver para hablar si lo deseaba. Le escribiría un mensaje para tranquilizarlo. Ahora lo que quería era llegar a casa a investigar los documentos recibidos. Quería ver en detalle lo que había le habían enviado antes de llamarlo.

En ese momento, mientras bajaba las escaleras desde la segunda planta, su teléfono móvil comenzó a sonar. La pantalla mostraba un número desconocido. Decidió contestar con una mezcla de curiosidad y ansiedad.

Una voz mecánica y distorsionada se escuchó al otro lado de la línea.

—¡Ten cuidado! ¡No sigas con el proyecto, puede ser peligroso!

---

[10] *Es una proteína asociada con el cáncer de ovarios.*

—¿Quién es? ¿Qué sabes del proyecto? ¿Por qué es peligroso? —intentó averiguar Samantha, infructuosamente, antes de que su interlocutor colgara.

En su mente resonaron las palabras que acaba de escuchar. ¿Pero quién estaba detrás? ¿Qué sabía del proyecto? Las preguntas se agolparon en su cabeza y la duda se proyectó en su mente.

Necesitaba llegar a casa de forma urgente y llamar a Marc.

Lo que no sabía Samantha es que alguien en la sombra estaba siguiendo sus pasos de muy cerca.

11.

La investigación

Samantha tenía demasiadas cosas en la cabeza. Debía poner en orden todos sus pensamientos. Llegó a casa dejó sus cosas en la entrada y se dirigió directamente al despacho. Allí abrió el portátil. Lo primero que hizo fue revisar el fichero que había guardado el día que detectó la anomalía en los datos.

Miró el fichero con detenimiento y vio un código de cifras y letras que se repetía: '3LK34-900.800.2534.Class.'

—ADA, busca el siguiente código '3LK34-900.800.2534.Class', en tu registro histórico —dijo Samantha con cierto nerviosismo, dirigiéndose a la interfaz de voz de ADA.

—Sí, Samantha. El código '3LK34-900.800.2534.Class', apareció los días 14/6/2024, 18/6/2024, 20/6/2024 —contestó ADA mostrándole por pantalla los ficheros de datos de esos días.

—ADA, ¿ese código pertenece a algún evolutivo interno del equipo de desarrollo? —preguntó Samantha aún más inquieta.

—No, Samantha, no pertenece a ningún evolutivo de desarrollo —contestó ADA.

Samantha sabía que había visto esos códigos en algún sitio.

Volvió a mirar el sobre con el informe que alguien le había dejado junto a una nota esa misma mañana.

Revisó minuciosamente el dosier que tenía encima de su mesa de despacho. El documento debía contener unas veinte páginas. Al observar detenidamente cada una de las páginas se dio cuenta que muchas de ellas habían sido fotocopiadas de algún original al cual le habían suprimido información deliberadamente.

La información estaba fragmentada, como si alguien hubiera intentado ocultarla de forma cuidadosa, pero sin embargo estaba dispuesto a hacerle llegar a ella tan delicado informe.

Revisando con detalle todas las páginas pudo ver que ese mismo número, el número del fichero de datos de ADA, aparecía en uno de los apartados como "Información Clasificada". Con cuidado comenzó a leer los parágrafos de información que pudo descifrar. Las palabras se entrecortaban y se mezclaban, dificultando su comprensión.

A medida que avanzaba en la lectura, pudo vislumbrar lo que podría ser un proyecto militar altamente confidencial.

La información que logró recopilar parecía apuntar a algún tipo de investigación sobre integración de inteligencia artificial con implantes cerebrales.

—ADA, ¿qué información tienes sobre el proyecto militar asociado al código '3LK34-900.800.2534.Class'?

—No tengo información sobre el proyecto militar nombrado asociado a ese código, mi información se debe a los modelos de datos para ser usados en los implantes cerebrales para ayudar a los pacientes de Alzheimer.

—¿Hay alguna relación entre nuestro proyecto y el proyecto militar con ese código?

—No me consta ninguna relación.

—¿Cómo explicas la aparición de esos códigos en tus registros de datos?

—No dispongo de esa información, sólo dispongo de los modelos de datos que el equipo de BioBrain Dynamics y tú, Samantha, me habéis proporcionado.

Si era así, ¿qué hacían esos códigos en el fichero de datos de ADA de esos días?

Siguió avanzando por las páginas del informe y pudo intuir que se podía tratar de un proyecto aterrador.

Parecía referirse a un experimento que pretendía mejorar el rendimiento y la eficacia de los soldados en el campo de batalla.

Los soldados tendrían mayor percepción sensorial, mayor capacidad de procesamiento y análisis de información.

Incluso había un apartado que hablaba de exoesqueletos.

Era un proyecto totalmente macabro. Todo indicaba que buscaban aprovechar cualquier intervención quirúrgica como ocasión para insertar los implantes, a soldados mutilados o heridos en operaciones militares para llevar a cabo estas prácticas. Casi seguro sin el conocimiento de los soldados.

Todo eso era monstruoso, querían utilizar a ADA y los implantes para crear soldados robotizados, un ejército de élite perfecto para la guerra.

Era mucho peor de lo que había imaginado y lo peor es que todo eso podía estar comprometiendo el proyecto.

Debía analizar todo el software, reunirse con el equipo. Sospechaba que hubieran insertado en ADA un algoritmo externo de aprendizaje.

Tenía que avisar a Marc y al equipo. Tendrían que detener el proyecto. La angustia la consumía. Siempre tuvo la impresión de que algo andaba mal con BioBrain Dynamics, pero desde luego nunca se imaginaba algo de esa magnitud.

Tenía que informar de inmediato a Marc. El proyecto no podía continuar. Sentía una ira inmensa. La furia se apoderó de ella.

Había invertido todo su esfuerzo en ese proyecto y ahora la avaricia de una empresa había echado a perder todo eso. Estaba segura de que había mucho dinero de por medio.

Samantha cogió el móvil y llamó a Marc. Lo dejó sonar varias veces, pero no obtuvo respuesta. Insistió una vez más, pero sin éxito. Decidió ir al Hospital, pues seguro lo encontraría en su consulta.

Cogió las llaves, el móvil y su portátil y salió del edificio. Se detuvo en la calle para ver si veía algún taxi. Consideró que ir en taxi sería más rápido que tomar el metro y, además, le permitiría seguir intentando comunicarse con Marc mediante su teléfono móvil.

Desde esa posición de la calle no lograba ver a ningún taxi aproximándose. Decidió avanzar hasta la esquina, donde tendría más oportunidades de divisar las dos calles para ver llegar alguno.

Allí pudo observar como un coche negro se acercaba y paraba frente a ella.

De lo que no se percató es que, en esa misma esquina, aguardando pacientemente, había alguien más esperándola. La misma persona que la había estado siguiendo las últimas semanas.

Sintió una punzada en la nuca y en ese momento se desvaneció.

El hombre que aguardaba en la esquina había aprovechado ese momento que ella estaba absorta mirando en dirección hacia la carretera, para aparecer por la espalda e inyectarle alguna sustancia. En ese preciso instante Samantha se desvaneció y el misterioso hombre la cogió por los hombros y la arrastró hacia el coche negro, que hacía tan solo unos minutos había aparcado en frente de ellos.

ESTADIO 2

INTELIGENCIA ARTIFICIAL GENERAL O IA FUERTE (IAG)

ADQUIERE HABILIDADES COGNITIVAS A NIVEL INTELECTUAL O INCLUSO SUPERA LA INTELIGENCIA HUMANA.

EN ESTE CASO LA IAG NO SE LIMITA A UN SOLO ÁMBITO Y PUEDE ADAPTARSE A CAMBIOS. SON SISTEMAS MÁS FLEXIBLES Y AUTÓNOMOS, DADO QUE PUEDEN EXTRAER CONCLUSIONES POR SÍ MISMOS.

12.

En la penumbra

"La clave de la inteligencia artificial siempre ha sido la representación."

- Jeff Hawkins, ingeniero informático y neurocientífico:

Mientras tanto, Marc, ajeno a los acontecimientos que afectaban a Samantha, se encontraba ocupado atendiendo a uno de sus pacientes, el Sr. Christopher Cole.

Christopher Cole, era un anciano de ochenta años con abundante cabellera canosa peinada con raya lateral, que destacaba por su impecable vestimenta. Había sido un exitoso financiero, manteniéndose activo en su profesión hasta los cerca de los setenta años. Los primeros signos del Alzheimer habían empezado a manifestarse hacía ya cinco años.

Pese a su edad se podía apreciar su constitución fuerte. El resultado de años de dedicación al deporte se hacía evidente. De bien seguro que de joven su cuerpo había estado moldeado fruto de esa perseverancia.

Junto a él estaban su hijo y la mujer de éste. Su mirada era impenetrable y se notaba que había tenido un trabajo de liderazgo.

Su hijo, Jack Cole, comentó que en los últimos meses los síntomas habían empeorado y que sus cambios de humor habían ido en aumento. Siempre había sido una persona de fuerte temperamento, pero las lagunas mentales se habían agravado y su estado general se había deteriorado.

Christopher Cole vivía con su hijo y su nuera. Tenían la colaboración de una auxiliar clínica que les ayudaba con los cuidados de Christopher. Su hijo, Jack, estaba preocupado con el aumento de las lagunas mentales que su padre estaba experimentando. La mayoría de las veces no los reconocía y se desorientaba. Incluso habían experimentado algún episodio violento.

Marc les dijo que le harían una tomografía para ver el avance de la enfermedad. También les comentó los progresos en el proyecto de implantes cerebrales en el que estaban trabajando. Un proyecto vanguardista que podría ayudar a su padre.

Jack estaba emocionado al escuchar al Dr. Marc Craig comentando que podría haber una solución. Su esposa, Clarice era más reticente, no veía claro lo que el doctor les había estado exponiendo.

Clarice y su esposo, Jack, fueron un momento a hablar al pasillo, mientras Marc atendía una llamada.

—Jack, no ves que lo que nos está explicando el Dr. Craig es algo muy experimental. No podemos dejar que utilicen a tu padre de conejillo de indias.

—Lo sé, lo sé. Claro que no quiero que utilicen a mi padre de conejillo de indias. Pero estoy seguro de que el Dr. Craig no nos lo hubiera sugerido si no fuera algo seguro.

—Pero hay riesgos, es una intervención delicada y pese a que tu padre goza de buena salud, podría salir alguna complicación inesperada.

En ese momento salió Marc de la habitación y se dirigió a ellos.

—Entiendo que es una decisión difícil. No la tenéis que tomar de inmediato. Os enviaré toda la información y evidentemente cualquier duda que tengáis os podéis poner en contacto conmigo. Por el momento vamos a proceder con lo planteado. Haremos una tomografía y ahora vendrá la enfermera para acompañaros a radiología. Una vez tengamos los resultados ajustaremos la medicación. Esta noche, para vuestra tranquilidad, lo tendremos bajo observación.

—Muchas gracias, doctor —respondió Jack aliviado.

Marc se despidió de ellos y fue directo a su despacho que estaba en la misma planta. De camino al despacho vio que tenía varias llamadas de Samantha. Intentó devolverle las llamadas, pero después de un par de intentos infructuosos, recibió la señal de que estaba el móvil apagado. Era muy extraño, ¿por qué iba a apagar el móvil tras sus llamadas?, ¿acaso estaba sin cobertura?

***

En algún lugar secreto y oculto a las miradas curiosas y entrometidas.

—Inútil, ¿porque no apagaste el móvil de la doctora? —una voz proveniente de una figura con bata blanca expresó su enfado.

Se encontraban en una sala de ambiente estéril con las paredes revestidas de baldosas blancas. La apariencia podía recordar a un hospital, pero se trataba de algún lugar diferente. Allí estaba Samantha, ajena a lo que le iba a suceder.

El otro individuo se dirigió al armario donde estaban las pertenencias de Samantha. Abrió el cajón e inmediatamente lo desactivó.

—Lo siento jefe, no me di cuenta —dijo un joven, de tez marcada por el acné.

—No entiendo por qué sigo trabajando contigo —expresó su descontento el individuo de bata blanca que se encontraba junto a la camilla, en la que Samantha yacía aparentemente sedada y cubierta por una sábana blanca.

—¡No te das cuenta de que podrían haber rastreado la llamada! ¡Tienes menos luces que un farol apagado! Apaga de inmediato el móvil, ¡idiota! y ve a la nevera a buscarme lo que te pedí. Cómo nos localicen, será por tu culpa. Yo no sé por qué te pusieron a trabajar conmigo en estos temas tan delicados —prosiguió quejándose el individuo.

—Jefe, tranquilo. Ya lo desconecté.

13.

Samantha

Samantha parecía haber estado durmiendo plácidamente cuando algo perturbó su sueño. Se despertó recordando solamente haber estado en el hospital para las revisiones y encontrarse allí a Marc. Se sentía aturdida, sin recordar cómo había llegado a casa. Se recostó en la cama y sintió humedad bajo su pijama. Tocó con los dedos la cama, la zona baja de su espalda. Notó algo viscoso y húmedo. Al llevarse los dedos delante de sí pudo comprobar que se trataba de sangre.

¡Había estado sangrando mientras dormía! —pensó Samantha.

Se levantó de un brinco, asustada por averiguar de dónde venía la sangre. El sangrado provenía de su entrepierna. Se fue al baño a lavar y a cambiar el pijama. Seguidamente fue hasta el armario para coger sábanas nuevas.

En ese momento se volvió a sentar. La cabeza le daba vueltas. Sintió un pinchazo en el vientre y un inminente dolor de cabeza se apoderó de ella.

Logró incorporarse y cambiar las sábanas. Fue a la cocina a coger un analgésico. Miró la hora en su móvil y se dio cuenta que era bastante tarde en la madrugada. Observó las llamadas perdidas de Marc. No lograba recordar nada más allá de la visita al Hospital. El sangrado se podía deber a la revisión que había tenido lugar esa misma tarde, pero para el dolor de cabeza y la amnesia no lograba encontrar una explicación.

Era demasiado pronto para hablar con Marc, esperaría a la mañana siguiente en el laboratorio.

Sabía que no podría conciliar el sueño. Se encontraba alterada por no recordar lo que había sucedido en las últimas horas, así que se sentó en su escritorio y pensó que sería una buena idea mirar las cámaras de seguridad del apartamento, de esta forma podría conocer a qué hora había llegado a casa y en qué estado.

Empezó a teclear para acceder a la aplicación de seguridad de su vivienda. Localizó la cámara que grababa la puerta principal en el caso de detectar algún evento. Al revisar las grabaciones de la cámara de seguridad, pudo constatar que a las 20:24h la puerta se abrió sin producirse la activación de la alarma, lo que sugería que ella misma tuvo que desconectarla. No obstante, no recordaba en absoluto ese hecho en concreto, ni las horas que precedieron a ese instante.

Intentando recordar, un agudo dolor de cabeza la invadió de nuevo. Una vez localizada la hora de entrada inició la visualización de la grabación desde el minuto 20:24h.

Lo que ella no se esperaba es que no había más grabaciones más allá de ese momento. Sólo pudo observar, en la grabación, cómo se abría la puerta sin poder averiguar más. Antes de que la puerta se abriera por completo y pudiera ver quién entraba a través de ella, se produjo un apagón en las cámaras.

No había más grabación registrada, un efecto que se podría explicar con una caída de la red eléctrica, por ejemplo.

Llamaría al conserje del edificio. Aunque era tarde, a esa hora ya habría llegado el Sr. Ernest, el conserje del turno de noche. Sabía que eran horas algo intempestivas, pero si alguien debía estar despierto era él.

Llamó a consejería y rápidamente Ernest cogió la llamada.

—¿Buenas noches, dígame?

—Buenas noches, Ernest, soy Samantha del apartamento 902 ¿sabe si esta noche a partir de las 20:24h se ha producido alguna intervención eléctrica en el edificio?

—Sí, señorita Samantha. Dejamos unas notas en cada planta y en el vestíbulo, informando que hoy martes a partir de las 20:15h se haría el mantenimiento de los ascensores y requeriría la desconexión de la red eléctrica durante treinta minutos. —¿Se encuentra bien señorita Samantha?, ¿necesita algo? —preguntó el Sr. Ernest algo confuso por recibir esa llamada a esas horas de la madrugada.

Samantha había olvidado por completo la intervención de mantenimiento.

—Ernest, una pregunta, ¿a qué hora llega usted por la noche?

—Mi turno empieza a las 20:00h.

—¿Recuerda haberme visto llegar?

—Sí, señorita Samantha, usted llegó poco después y también apareció el camión de mantenimiento con los operarios para la intervención de los ascensores, en ese mismo momento.

—¿En qué estado me encontraba cuando me viste llegar al edificio? —preguntó Samantha al atento conserje, mientras buscaba respuestas sobre su apariencia y actitud en ese momento.

Ernest entornó los ojos tratando de recordar, a la vez que pensaba en la extraña pregunta que le acaba de formular.

—Pues ahora que lo menciona, pude notar que se la veía muy fatigada y tropezó al entrar. Por suerte, uno de los operarios se encontraba junto a usted y la sostuvo por los hombros, acompañándola hasta el apartamento, ya que parecía que se había torcido el tobillo. ¿Cómo tiene el tobillo?

—Mejor. Gracias por la información, Ernest —contestó Samantha de forma automática.

En ese momento miró hacia sus tobillos y efectivamente uno de ellos estaba algo dolorido y ligeramente amoratado. No tenía claro si era fruto de algún golpe o de una torcedura. Lo que le había contado Ernest no sabía si tranquilizarla o inquietarla.

Sabía que había una explicación para el apagón eléctrico, pero no sabía si era la explicación que ella estaba buscando.

En ese instante, en el panel de control de su ordenador observó que, en su aplicación cortafuegos se estaba recibiendo un ataque de accesos a su red no autorizados. Evidentemente el cortafuegos estaba haciendo su trabajo con lo cual se trataban de ataques infructuosos.

Accedió al archivo de datos y observó una larga lista de diferentes IP[11] desde las que se estaban generando los ataques a su red. Normalmente eran *bots*[12] maliciosos que exploraban todas las redes y aprovechaban cualquier vulnerabilidad para acceder a ellas. Entre ese largo listado de IPs, intentando acceder a su sistema, se dio cuenta de que había una en particular que se repetía.

—ADA, ¿puedes rastrear la procedencia de esta IP?

—preguntó Samantha extrañada al ver esa IP en concreto que se repetía a lo largo de su registro de datos.

—Sí, Samantha, voy a proceder a su seguimiento—contestó ADA. Al poco rato le dio los resultados.

—Samantha, se trata de un acceso de una señal fuera de la órbita terrestre, mis resultados apuntan que se trata una señal generada desde la Órbita Geoestacionaria —reveló ADA.

¿Cómo podría ser? ¿Acaso estaban generando *bots* desde algún satélite?—pensó incrédula Samantha.

—ADA, ¿podrías comprobar si los ataques están siendo realizados desde algún satélite*?* —a Samantha sólo se le ocurría que el origen de estos *bots* estaba siendo ejecutados desde allí.

—Samantha, parece que se trata de algún satélite de carácter militar, pero no dispongo de más información al respecto.

---

[11] *IP (Protocolo de Internet). Es una serie de números que identifican, de manera única, un dispositivo en la red.*

[12] *Bot. Es un programa informático diseñado para realizar tareas automatizadas en internet. Es una abreviación de robot.*

Estaban llevando a cabo ataques a su ordenador desde un satélite militar, pero todos habían resultado infructuosos debido a las medidas de protección implementadas, tanto a nivel de hardware como software. Pero eso no le proporcionaba ningún alivio porque sabía qué, o bien intentaban sabotear su trabajo o acceder a información confidencial del proyecto.

Estaba segura de que esto guardaba relación con los documentos clasificados que algún anónimo le había hecho llegar. Al día siguiente tenía que hablar con Marc, esto se complicaba y no quería comprometer el proyecto. La empresa BioBrain Dynamics estaba detrás de algo oscuro y peligroso y podía arruinar el propósito de ADA.

De inmediato se puso a monitorizar el proyecto con ADA.

—ADA, ¿puedes mostrarme las monitorizaciones de Eva y Adán?

Seguidamente empezaron a visualizarse, en forma de holograma, todos los datos gráficos.

Pudo comprobar que los valores eran asombrosos. Los ratones no sólo seguían gozando de buena salud, sino que a nivel cognitivo estaban logrando unos resultados impresionantes.

Estuvo pensando en la conversación que tendría con Marc. Estaba segura de que se mostraría reacio a parar el proyecto o al menos pausarlo, antes de recabar más información. Samantha tenía claro que sería difícil convencerlo, siendo consciente del éxito del proyecto. Claro que debía ser una conversación que no debía transcender más allá de ellos dos, pues sospechaba que

BioBrain Dynamics estaba detrás de algo que iba más allá del propósito del proyecto y no podía fiarse de nadie.

No podía pensar con claridad, pero tampoco podía conciliar el sueño, así que pensó que lo mejor sería leer un rato. Tenía frente a ella, sobre su escritorio, varias revistas esparcidas de ciencia. Cogió el último número de *Ciencia y Tecnología*, revista que le enviaban cada mes con los últimos avances en estos ámbitos. Pensó que quizás podría leer algo e intentar conciliar el sueño.

Empezó a ojear la revista y se topó curiosamente con un artículo que hablaba del Alzhéimer en mujeres:

[13]" *Desde un punto de vista biológico, los cambios hormonales típicos del envejecimiento femenino están en el punto de mira de la investigación del alzhéimer desde hace bastantes años.*

Ahí entran en juego los estrógenos, hormonas esteroideas producidas principalmente por los ovarios, aunque también por las glándulas adrenales, el tejido adiposo y el cerebro.

Además de su papel en la reproducción, los estrógenos intervienen en otras vías de señalización, algunas relacionadas con funciones cognitivas o con la neuro protección. Así, son moléculas con acción antioxidante, reguladoras del metabolismo, de la respuesta inmunitaria, la neurogénesis y la plasticidad sináptica, que resultan críticas para el envejecimiento cerebral.

---

[13] *Extracto del artículo theconversation.com. "¿Por qué hay más casos de alzhéimer entre las mujeres?"*

Tanto es así que las mujeres a las que se han extirpado los ovarios presentan un mayor riesgo de padecer daño cognitivo y Alzhéimer. El estrés es otro conocido factor de riesgo para desarrollar Alzhéimer, que parece afectar más a las mujeres que a los hombres. Un estudio reciente con modelos animales de esta enfermedad ha demostrado que el cerebro de las hembras es más vulnerable al impacto del estrés que el de los machos, debido al parecer a un mayor aumento en la acumulación de la proteína beta-amiloide."

Después de leer el artículo, se percató que situaba a Samantha en una posible futura paciente de Alzheimer. Mujer, operada de ovarios e inmersa totalmente en un estrés continuo, sólo faltaba añadir una preocupación más a las que ya tenía. Lo más irónico era que podría convertirse en paciente de su propio proyecto. El destino en ocasiones era caprichoso, pero esperaba evitarlo.

Estaba claro que esa noche sería una noche de insomnio.

Dejó la revista a un lado y volvió al ordenador. Estuvo mirando los archivos que ADA generaba para monitorizar el estado del proyecto. Cuando de repente vio algo tan curioso como extraño. En la nube de datos, donde volcaba los *backups*[14] de información, resultó que había un archivo de varios *teras*[15], pero no coincidía con ningún archivo de *log*[16] que estuviera generando

[14] *Copia de seguridad.*

[15] *Tera: TB (terabyte) = 1.000 gigabytes*

[16] *Registro de eventos*

ni ella ni el equipo. Tenía que comunicárselo a Christine y Eduard, para que averiguaran algo más. Comprobó que el tamaño del fichero iba aumentando de tamaño. Intentó acceder sin éxito, ya que parecía no tener los permisos necesarios.

14.

El hallazgo

En esa noche fría y lluviosa, Claudia había salido de casa ataviada con un chubasquero y unas botas. Se subió en su moto y condujo hasta su trabajo. Le llevó más tiempo llegar, no tanto por el tráfico, pues a esas horas la circulación era tranquila, sino a causa de la lluvia, lo que hizo que tuviera que conducir con más precaución para evitar resbalones. Había estacionado la moto en el aparcamiento del Hospital. Se quitó el chubasquero y se cambió el calzado, no quería dejar un reguero de agua por todo el pasillo del Hospital. Entró por la puerta de personal autorizado y tomó el ascensor hasta la planta -2, en esa planta estaba el laboratorio de medicina legal.

Al entrar en la morgue notó que había bastante agitación. Normalmente a esas horas era común encontrarse con casos de muerte por disparo o accidentes automovilísticos. Pero aquella noche era distinta. Allí estaban George Peterson y Jake Harris, sus compañeros de oficio y Maxwell McClane, detective de homicidios.

—¿Qué ocurre? ¿A qué se debe este revuelo? —preguntó Claudia algo confusa.

—Han entrado varios cuerpos. Ven aquí y te muestro —señaló George.

George Peterson era el más veterano del departamento, una persona seria en la que podías confiar y para el cual su trabajo era su vida. Para muchos una pasión algo extraña, pero era un verdadero profesional en su ámbito.

Claudia pensó que quizás se trataba de algún accidente, como el que había ocurrido unos meses atrás.

Claudia acompañó a George hasta donde estaban los cuerpos.

George abrió las diferentes cámaras frigoríficas y retiró las sábanas blancas que cubrían los cuerpos para que Claudia pudiera observarlos.

—Pero ¡qué es esto! ¿Algún médico forense ha estado haciendo prácticas? ¡Qué barbaridad! —exclamó Claudia al ver el estado que presentaban los cuerpos.

—No, nos han llegado ya en este estado, es por eso por lo que también nos acompaña el detective Maxwell —contestó George, que sabía que sería una larga noche.

—Tenemos a dos John Doe [17] y tres Jane Doe. Fueron encontrados en un contenedor en el puerto por dos trabajadores del muelle.

[17] *John Doe o Jane Doe se utiliza en inglés para referirse a una persona desconocida o no identificada*

Los cuerpos exhibían incisiones precisas, realizadas con destreza quirúrgica y a simple vista no se observaban laceraciones visibles. Estas incisiones parecían haber sido efectuadas con cuidado y precisión, sin dejar marcas o desgarros evidentes en los tejidos externos.

Este hallazgo planteaba interrogantes sobre la naturaleza de las lesiones y sugería la posible intervención de una persona con conocimientos médicos o quirúrgicos.

Aparentemente a las mujeres les habían extraído el útero, el cerebro y los ovarios. Todos los cuerpos tenían el torso abierto y la cavidad estomacal con lo que dejaba al descubierto los pulmones, corazón y el sistema digestivo. A uno de ellos le habían abierto también el cráneo. Ahora tenían que averiguar cómo habían muerto, pues todas esas intervenciones habían sido *postmortem*.

Claudia sabía que no iba a ser una noche fácil, no por el volumen de trabajo sino por lo complicado que podían llegar a ser estos casos.

Los peritos de criminalística ya habían rastreado los cuerpos en busca de huellas, pero no habían hallado nada. Éstos habían sido manipulados sin dejar rastro de ADN, ni fibras ni nada que les ayudara a obtener alguna pista. Ahora les tocaba a ellos averiguar la causa de la muerte y que órganos habían sido manipulados.

Claudia se acercó al cuerpo de una de las mujeres para observar si había signos de estrangulamiento sutiles, ya que a simple vista parecía intacto.

Justo cuando Claudia se disponía a acercar su rostro al de uno de los cuerpos para examinar el cuerpo de más cerca, Jake Harris se percató rápidamente de la situación y se aproximó velozmente, tomando su mano para evitar que tocara el cuerpo. Con gesto firme le transmitió el mensaje claro de que aún no era el momento adecuado para hacerlo. Claudia no se había puesto la indumentaria necesaria y Jake exclamó a continuación.

—Claudia, ¡ponte el equipo de inmediato! —le recriminó Jake con mirada casi desafiante, ante la expresión atónita de los otros compañeros.

—Jake, relájate, Claudia no hubiera inspeccionado el cuerpo sin seguir el protocolo —comentó George en tono sosegado.

Claudia era una profesional, nunca se le hubiera ocurrido no cumplir con el protocolo de seguridad y no le gustó nada la actitud de su compañero.

—¡Claro Jake!, ¿por quién me has tomado?, no se me hubiera ocurrido examinar el cuerpo sin el equipo adecuado —Claudia sacudió su mano para zafarse de él y se dirigió con determinación a la zona designada para vestirse con el traje adecuado. Fue a su armario y se puso el equipo de trabajo: bata de protección, guantes de látex, cubre calzado, gorro y mascarilla.

Jake era un joven enigmático y taciturno. Sin embargo, su brillantez intelectual era innegable. A pesar de su naturaleza reservada y en ocasiones algo oscura poseía una mente aguda.

No obstante, algo en él despertaba un sentimiento de desconfianza en Claudia. No se le conocía mucha vida social y lo que era desconcertante era la contradicción entre su naturaleza introvertida y su pasión por los coches de lujo, más allá de eso no sabían mucho más de él.

Claudia, ya con los guantes puestos, se aproximó a la primera Jane Doe para examinarla más de cerca. Como había podido examinar en una primera observación, no parecía haber laceraciones en el cuello por lo que la estrangulación estaba descartada. Sus compañeros examinaron los otros cuerpos y también pudieron constatar que la estrangulación no había sido la causa.

Claudia rastreó meticulosamente cada centímetro de la piel del cuerpo en busca de cualquier indicio de pinchazo o punción. Con una atención minuciosa, examinó detenidamente cada área, palpando con cuidado y observando atentamente en busca de marcas o heridas que pudieran haber sido causadas por objetos punzantes. Su enfoque diligente garantizaba que ningún detalle pasara desapercibido, asegurándose registrar cualquier hallazgo relevante en su informe forense.

—¿Qué me decís de las incisiones de los cuerpos?, ¿las ha podido hacer la misma persona? —preguntó el detective Maxwell.

—Los cortes en los cuerpos, para extraer algunos órganos, han sido realizados por alguna herramienta quirúrgica, podría ser un escalpelo y la rigurosidad con la que están realizadas son dignas de haber sido hechas por alguien experto y posiblemente sea el mismo autor de las incisiones de los demás cuerpos, pero debemos examinarlos todos con más precisión —contestó George observando las incisiones.

—Entonces estamos, se podría decir, ante un posible caso de algún perturbado asesino en serie que se dedica a abrir cuerpos con la precisión de un cirujano para extraer algunos órganos —constató el detective Maxwell, mientras grababa las notas de voz en su móvil—. Investigar la posibilidad de que estos órganos podrían haber acabado en el mercado negro de venta de órganos —siguió grabando Maxwell—. Me marcho a la comisaría para abrir la investigación del caso. Avisadme de cualquier novedad —dijo el detective Maxwell despidiéndose del equipo forense. Desde luego, se trataba de un caso peculiar.

Tenía que averiguar quiénes eran los cuerpos. Podían tratarse de gente sin hogar, o trabajadores de la zona, o posiblemente inmigrantes sin papeles por lo que nadie los echaría en falta, de ahí que no constaran denuncias por desaparición. Por otro lado, estaba el móvil de las muertes. No estaba claro, pues no a todos les habían extraído órganos. No se trataba del típico caso de bandas rivales, ni crímenes, ni tráfico de estupefacientes, esto era distinto.

Cada uno de los forenses estaba inmerso en la dedicación de un cuerpo.

Claudia procedió a extraer el corazón para averiguar cuál era su estado. Lo dejó en una bandeja metálica y lo pesó. A continuación, observó detalladamente el corazón buscando indicios de isquemia cardíaca. Utilizando la lupa inspeccionó delicadamente el tejido cardiaco. Observó que en la pared del ventrículo izquierdo presentaba una coloración más pálida, era un signo revelador de tejido dañado por la falta de suministro sanguíneo. Apuntó en las notas que el corazón mostraba signos de isquemia cardiaca. La obstrucción parcial en una de las arterias coronarias y la presencia de tejido necrótico eran las pruebas que confirmaban sus primeras sospechas.

En ese momento el sonido de su teléfono móvil interrumpió el silencio. Claudia contestó rápidamente desde el reloj. Era su hermano, lo cual la intrigó, pues no solía llamarla a esas horas tan inusuales.

—Hola, Marc. ¿Todo bien? —preguntó Claudia, algo intranquila.

—Hola, Claudia. He tenido una emergencia en el Hospital con un paciente ingresado y ahora me iba directo al laboratorio de BioBrain. Sabiendo que estabas trabajando, pensé que podía saludarte antes de salir hacia allí —confesó Marc, tratando de explicar la razón detrás de la llamada a esas horas tan intempestivas.

—De acuerdo, Marc. Me habías asustado con una llamada a estas horas. Me siento mal por estar tan ocupada en este momento —respondió Claudia con un deje de pesar en su voz.

—Cierto. Me han dicho que alguien ha estado asumiendo el rol de forense —agregó Marc, con su característico tono socarrón y su sentido de humor negro. Las noticias en el Hospital volaban.

—Pues sí, correcto. Alguien se ha dedicado a hacer de médico forense, pero ahora, de verdad Marc, no puedo hablar más, aunque me encantaría. Quizás en otro momento —contestó Claudia apesadumbrada. Aunque su relación no era extremadamente cercana, disfrutaban compartiendo momentos y conversando sobre sus respectivas profesiones. Una vez más, parecía que tendrían que posponer su ansiada charla de colegas. Las agendas tan apretadas de ambos, el horario de trabajo de Claudia y los imprevistos del día a día habían vuelto a interponerse en el camino de Claudia y Marc, impidiéndoles compartir un rato juntos.

Claudia suspiró con resignación mientras pensaba en lo mucho que anhelaba esa conversación con su hermano. Ambos tenían ocupaciones demandantes y encontrar momentos de tranquilidad para hablar sobre sus profesiones y compartir sus experiencias era todo un reto.

Marc se despidió y Claudia continuó inmersa en su trabajo.

15.

Marc

Marc sentía la necesidad de compartir las últimas novedades con Samantha y Claudia. Sabiendo que las horas eran algo intempestivas, había considerado contarle a su hermana las noticias más recientes, dado que por su horario de trabajo la encontraría seguro en el Hospital. Sin embargo, una vez más, había sido imposible quedar con Claudia, sus respectivas profesiones y horarios lo hacían realmente difícil.

Marc se sentía pletórico porque finalmente la familia de la Sra. Alice Whitmore le había dado el beneplácito para que ella formara parte del programa experimental para el tratamiento del Alzheimer, aunque aún tenían que esperar a la firma del consentimiento.

La familia de Alice se encontraba nuevamente en el hospital, sumidos en una profunda preocupación. Los signos del Alzheimer se habían agudizado y para la familia era muy triste ver el deterioro tan dramático y progresivo de la enfermedad. Habían decidido firmar los papeles próximamente para incluirla en el innovador proyecto que les había propuesto el Dr. Craig unos meses atrás.

Marc no podía estar más feliz, pues contaría en breve con el primer sujeto para la experimentación de los implantes en humanos. Sentía la necesidad de contárselo a su hermana, pero Claudia estaba muy ocupada con la entrada de cuerpos diseccionados y llamar a Samantha a esas horas no era la mejor idea.

Por otra parte, seguía preocupado por Samantha y su extraño comportamiento del día anterior.

Al revisar su móvil, observó que Samantha finalmente había visto sus mensajes. Eso le brindó un poco de alivio y aunque no había obtenido aún respuesta, sabía que en unas horas la vería en el laboratorio y allí intentaría encontrar un momento para averiguar más sobre cómo estaba y sobre su extraño comportamiento del día anterior.

También estaba ansioso por contarle que ya tenía sujeto para las pruebas con humanos. Todo iba viento en popa.

Marc fue al aparcamiento del Hospital y cogió su coche. Quería seguir con la monitorización de los ratones. Desde el Hospital se dirigió hasta los laboratorios de BioBrain Dynamics. A esas horas no había casi tráfico. Al llegar aparcó en la zona designada para los trabajadores de BioBrain Dynamics.

Marc se adentró en el edificio y saludó al guardia de seguridad. A aquellas horas de la madrugada era muy posible, que él, el personal de seguridad y de mantenimiento fueran las únicas personas que se encontrasen en ese instante en el edificio. Se dirigió velozmente por las escaleras. Se sentía tan exultante que su dopamina se multiplicaba por cien.

Entró en el laboratorio y como ya había anticipado sólo estaba él y los sujetos de experimentación de cuatro patas.

Fue a las jaulas donde estaban los ratones incluidos Eva y Adán. Cada sujeto tenía su propia jaula individual. Al ser una especie con comportamiento, principalmente nocturno, se observaba una notable actividad en ellos a aquellas horas, aunque realmente mostraban actividad tanto, durante el día como durante la noche.

Marc revisó los registros en los grandes monitores que había en la sala. Los resultados seguían siendo asombrosos.

Hoy tenían previsto probar una serie de pruebas de laberintos de agua.

El laberinto de agua o laberinto acuático de Morris era una de las pruebas con los que se evaluaba a ratones. Esta prueba consistía en situar al ratón en una cubeta redonda con agua. Dentro de la cubeta se encontraba una plataforma a la cual el ratón debía de alcanzar una vez sumergido en el agua. En el momento que los técnicos observaban que el ratón había conseguido llegar hasta la plataforma, lo sacaban de la cubeta y también extraían la plataforma. La prueba consistía en volver a situar al ratón dentro de la cubeta, pero esta vez sin la plataforma. Era entonces cuando se evaluaba si el ratón realmente era capaz de localizar el lugar donde había estado la plataforma, de ser así indicaría que su memoria y su capacidad espacial estaban en buena forma.

Media hora después llegaron los técnicos de laboratorio y empezaron a llenar de agua las cubetas. Tenían dos, así que harían las pruebas por parejas.

Marc se puso los guantes y cogió a Adán. El otro técnico se dirigió a la jaula de Eva.

Marc se quedó hipnotizado por la mirada del pequeño roedor, sus ojos estaban fijos en los de él, por un momento sintió un escalofrío recorrer su espalda. La mirada de Adán parecía que estuviera escudriñando su mente.

—Marc, ¿me lo traes? —preguntó el segundo técnico del equipo.

En ese momento Marc despertó de su trance. Había quedado totalmente absorto por la intensa mirada del roedor. Su nombre retumbó en la sala lo que le provocó un ligero sobresalto.

—Sí, ya te lo llevo —Marc se dirigió dónde estaba el técnico y se lo pasó.

Ya tenían las cubetas listas, e introdujeron en cada una de ellas a Adán y a Eva.

Los técnicos sumergieron a los ratones en sus respectivos baldes y tanto Eva como Adán, tras visualizar las plataformas, rápidamente se subieron a ellas.

Los ratones, aunque solían ser buenos nadadores, preferían un sitio estable y seco en el que permanecer, pues de otra forma se fatigaban.

Una vez que los ratones llegaron a la plataforma, los técnicos procedieron a extraer a los ratones y sus plataformas de las piscinas, para continuar con la prueba. Ahora solamente introdujeron los ratones, cada uno en sus respectivas cubetas, pero esta vez sin la plataforma en la que apoyarse.

Tanto Adán como Eva se dirigieron hacía donde, pocos minutos antes, se había situado una plataforma. Eso era un excelente indicativo. Sabían orientarse y habían podido recordar donde se había situado la plataforma anteriormente. Los dos ratones al no encontrarla en sus cubetas fueron hacia las paredes en un intento de salir de ésta y ponerse a salvo.

Pero entonces, notaron que Adán empezaba a ponerse nervioso, nadando en círculos y golpeando su cabeza con la pared de la cubeta. Uno de los técnicos fue a cogerlo, mientras que Marc hacía lo propio con Eva.

—¡Ah! ¡Maldita sea! Me ha mordido —chilló Jason, uno de los técnicos, sacudiéndose el dedo en un intento de aliviar el dolor.

Marc dejó a Eva en la jaula y se dirigió a ayudar al técnico que sostenía a Adán.

—Déjame ver —le dijo Marc al técnico, mirando la pequeña herida en la mano mientras le sostenía al ratón.

—No parece que sea nada, gracias a que llevabas puestos los guantes, pero parece que nuestro amigo Adán apretó fuerte. Ve a la enfermería para que te miren la herida —sugirió Marc a Jason.

Adán y Eva se habían mostrado siempre bastante dóciles y tranquilos al igual que los demás sujetos con los que esas semanas estaban haciendo las pruebas.

Marc pensó que seguramente el estrés se había apoderado de Adán al no poder encontrar la plataforma donde se suponía que había estado antes. Marc cogió una toalla para Adán, lo secó y lo llevó de nuevo a su jaula. Notó la mirada de Adán clavarse fijamente en la suya. Una vez más notó algo perturbador en esos ojos.

16.

El dilema

"En nuestro negocio, hablamos de tecnologías emergentes y cómo impactan en la sociedad. Nunca hemos visto que una tecnología se mueva tan rápido como la IA tiene un impacto en la sociedad y la tecnología. Esta es, con mucho, la tecnología que se mueve más rápido que jamás hayamos rastreado en términos de su impacto y apenas estamos comenzando."

- *Paul Daugherty, CTO de Accenture y Autor de "Human + Machine: Reimagining Work in the Age of AI"*

Samantha se había quedado dormida encima de la mesa de su ordenador. Miró la hora y se levantó bruscamente, pero en ese instante sintió una punzada en la cabeza, se llevó la mano a la sien en un intento para aliviar el dolor. Había vuelto esa odiosa jaqueca. Se dirigió hacia la cocina para tomarse un analgésico.

Se sentía desorientada y todavía no recordaba lo sucedido la tarde anterior. Aún aturdida se apresuró a tomar una ducha rápida y a vestirse para ir a los laboratorios. En ese momento recordó que debía hacer la analítica que le encomendó el Dr. Stevenson y como no había desayunado pensó que lo más sensato sería ir directamente al Hospital a que le realizaran el análisis sanguíneo. Desde allí, al finalizar su cita, se dirigiría hacia los laboratorios de BioBrain Dynamics.

Aún era pronto y pensó que podría alcanzar a hacerlo todo. Cogió su ordenador y rápidamente salió del apartamento para llegar cuanto antes al Hospital.

A pesar del tráfico en esas horas tempranas, logró llegar a una hora razonable.

Al entrar a la recepción se encontró con Claudia.

Samantha y Claudia se conocían ya desde hacía unos años, Marc las había presentado en una conferencia que éste había dado sobre neurología. Samantha observó que Claudia parecía cansada, se acercó para saludar puesto que ella no había notado su presencia.

—¿Claudia?, ¿qué tal? —preguntó Samantha tímidamente.

—¡Ah! ¡Hola, Samantha!, la verdad es que no te esperaba encontrar aquí a estas horas —exclamó Claudia, entre una mezcla de asombro y alegría, al verla. Samantha y Claudia, aunque no se veían muy a menudo mantenían una buena amistad desde el momento en que se conocieron.

—Vengo a hacerme una analítica, ya sabes, órdenes del médico —dijo Samantha con un gesto para quitar importancia.

—¿Qué tal, Claudia? —supongo que has estado trabajando hasta hace poco —preguntó Samantha.

—Efectivamente, ahora me disponía a salir a tomar un poco de aire fresco, que lo necesito —contestó aliviada Claudia, sabiendo que podría descansar después de una larga noche de trabajo.

—Esta noche hemos tenido unos casos algo insólitos y hemos estado todo el equipo bastante ocupado. Si quieres, miramos de quedar con Marc y me contáis las novedades del proyecto. Esta noche Marc intentó contármelas, pero yo no pude ni prestarle cinco minutos —dijo apesadumbrada Claudia.

—Sí, por supuesto, miramos de quedar esta semana antes de que entres a trabajar —contestó Samantha.

—¡Estupendo, Samantha! Mantenedme al corriente para programar una cita —contestó sonriente Claudia. El arte de sociabilizar se estaba convirtiendo en todo un reto para ella. Desde que empezó a trabajar en horario nocturno, hacía ya unos años, su vida social vivía una debacle. Por eso, ante cualquier oportunidad de relacionarse con los demás, no la dejaba escapar.

Samantha se despidió de Claudia y se dirigió a la sala de análisis clínicos con la esperanza de que la llamaran pronto. La sensación de hambre empezaba a manifestarse y ansiaba terminar con el análisis para poder dirigirse a la cafetería y satisfacer su apetito. No haber comido en las últimas, al menos doce horas, le estaba pasando factura y se sentía cada vez más débil.

Afortunadamente no tardaron en llamar a Samantha para la analítica. Entró en la pequeña sala. Le dijeron que tomara asiento y mostrara el brazo. La enfermera, muy hábilmente, le fue extrayendo la sangre mientras rellenaba los tubos de muestra.

—¿Se encuentra bien? —preguntó la enfermera a Samantha al notarla palidecer.

—Algo mareada, pero es por la falta de la ingesta del desayuno, que mi cuerpo no perdona. Ahora iré a tomar algo —respondió Samantha, sin mucha energía.

Tras la analítica, llegó apresurada a la cafetería para poder ingerir algo de alimento cuanto antes. Se notaba mareada y hasta con nauseas. Finalmente, escogió un sándwich de jamón y queso y un reconstituyente café que la mantendría despierta al menos un par de horas más. En cuestión de minutos había terminado de comer y se encaminó hacia la parada de metro que estaba a dos calles del hospital, pero cambió de idea y pensó que no quería llegar demasiado tarde pues esa mañana debía hablar de forma urgente con Marc.

Dio medio giro sobre sus talones y fue a la esquina para esperar un taxi. Desde allí se dirigiría a los laboratorios de BioBrain Dynamics.

Mientras caminaba, intentó llamar a Marc. La llamada sonó tres veces y saltó el contestador.

—Marc, me dirijo hacía el laboratorio. Necesito hablar contigo —dijo Samantha—. Están ocurriendo sucesos extraños e inquietantes, que podrían poner en peligro la integridad del proyecto.

Colgó y se paró en la esquina para esperar un taxi.

Mirando hacia la esquina de la calle a la que había llegado, experimentó una sensación de *déjà vu.*

¿Ayer estuve aquí?—se preguntó.

No conseguía recordar. En ese instante sintió un pinchazo en la nuca, fruto de su imaginación e instintivamente se pasó la mano por la zona esperando encontrar algo, cosa que fue en balde.

Rápidamente apareció un taxi y se subió apresuradamente a él.

Aún no eran las nueve y media así que no llegaría demasiado tarde, a pesar de haberse dormido.

Sabía que esa noche sin descansar le pasaría factura durante el día. Sin embargo, se resignó a ello y lo enfrentaría aumentando la ingesta de cafés ese día.

Su mente seguía nublada, pero tenía claro que esa mañana debía hablar con Marc.

En poco menos de veinte minutos llegó a los laboratorios de BioBrain Dynamics. Se bajó del taxi y se quedó admirando el edificio. La verdad es que era un edificio imponente, de bastante reciente construcción con lo que su aspecto exterior se veía muy moderno acorde con su innovador interior.

Samantha entró en el edificio y saludó al agente de seguridad. Desde el vestíbulo se dirigió directamente a los laboratorios donde sabía que estaría todo el equipo.

Cuando entró, vio que estaban realizando las pruebas de Morris y aunque no las había visto nunca, sabía que se trataba de unos laberintos con agua para entrenar los ratones.

Marc vio a Samantha de inmediato y fue directamente hacia ella para saludarla.

—Hola, Samantha, ¿cómo estás? No haces buena cara —dijo preocupado Marc.

Samantha se dio cuenta que no había visto su mensaje.

—Marc, te llamé y te dejé un mensaje —comentó Samantha seria.

—Discúlpame, Sam, estuve preparando esta mañana las pruebas y tenía el móvil en silencio —tratando de justificar por qué no había visto el mensaje. La verdad es que Marc ansiaba hablar con Samantha.

—Marc, tenemos que hablar, pero aquí no, vayamos a una de las salas —le comentó Samantha en voz baja.

Marc asintió con la cabeza y se dirigieron hacia una de las salas para reuniones de equipo. A esas horas estaban libres, así que escogieron la que estaba más cerca. Marc estaba bastante preocupado, nunca había visto a Samantha reaccionar así.

Samantha cerró la puerta y empezó a comentarle:

—Están sucediendo muchas cosas que no puedo explicar, pero que podrían afectar al proyecto —dijo Samantha nerviosa.

—¿Es por eso por lo que estabas tan extraña ayer? Pensaba que era por la revisión médica que tuviste —preguntó Marc.

—La visita médica fue bien, aunque aún estoy pendiente de los resultados, pero parece que todo estaba bajo control, al menos hasta el momento.

—Me alegro mucho Sam, estaba realmente muy preocupado.

—Yo también Marc, pero por otras razones. Las horas de ayer por la tarde se esfumaron, es como si no hubieran existido, no sé a qué se debe, pero no consigo recordar nada.

—¿Podría ser por todo el estrés de tu visita médica y también por el proyecto? Realmente no estas descansando, Sam.

—No sé, Marc, pero no es sólo eso. Recibí en mi casa unos documentos confidenciales que trataban sobre un proyecto militar en el que parece estar involucrado BioBrain Dynamics —prosiguió Samantha—. El documento explicaba la inserción de implantes cerebrales en soldados. Junto al sobre, también había una nota en la que me advertía que me mantuviera alejada del proyecto pues decía que la empresa BioBrain Dynamics estaba involucrada en temas de extrema peligrosidad—. Implantes en soldados. ¡Es una monstruosidad! Y no solo eso también recibí una misteriosa llamada advirtiéndome de BioBrain Dynamics.

—Y eso, ¿qué relación tendría con nosotros? —preguntó extrañado Marc—. Sam, todo está funcionando estupendamente, además ya tengo una paciente que su familia dará el consentimiento para que empecemos las pruebas con ella —dijo un entusiasmado Marc—. Nuestro primer sujeto humano, ¡imagina la oportunidad!

—Marc, ¿no lo ves? Hay algo turbio en todo esto. Algo que se nos escapa y tengo la sospecha que nos están utilizando para llevar a cabo proyectos secretos tan horribles como este proyecto militar que nombran en los documentos. Tengo miedo Marc, esto se nos puede ir de las manos.

—Sam, no has pensado que quizás todo sea un montaje de la competencia para que abandonemos el proyecto y que esos documentos sean simplemente falsos —se le ocurrió de inmediato a Marc. Marc sabía, por contactos, que las empresas de la competencia iban detrás de la misma tecnología, pero aún estaban lejos de alcanzar los resultados que ellos habían conseguido.

En la mente de Marc no cabía otra posibilidad de distinta índole, pues de ser así tendría que abandonar el proyecto y eso, a estas alturas no entraba en sus planes. Había conseguido mucho y había invertido mucho esfuerzo como para dejar escapar una oportunidad que lo llevaría a la fama y al respecto internacional en su campo.

—Hay muchas compañías que andan detrás de esto, pero no han logrado avanzar como lo hemos hecho nosotros. De hecho, como te he comentado, dispondremos de nuestro primer sujeto humano para nuestro proyecto—. Sam, ¿sabes lo que significa, ¿verdad?, pronto podremos insertar los implantes en humanos. Eso supondría un salto abismal en el avance hacia una solución para los enfermos de Alzheimer —Marc comentó visiblemente eufórico.

—Marc, no sé, quizás eso explicaría que hubiesen entrado en mi apartamento. Quizás el robo en mi apartamento se hubiese tratado de espionaje tecnológico —dijo Samantha tratando de atar cabos con el argumento que le acababa de dar Marc.

—Pero descubrí algo más —dijo Samantha recordando los últimos eventos. —Las semanas que estuve entrenando a ADA detecté que, en los registros de datos generados por el sistema, además de los modelos de entrenamiento que había insertado para el aprendizaje automático de ADA, observé algunos códigos que no coincidían con ninguna numeración interna. Esa misma noche se había producido un salto en las horas de los registros de datos, cómo si alguien hubiera entrado en el sistema. Hablé con Adrien, pero me dijo que, técnicamente era imposible pues la red estaba aislada. Marc, eso lo complica, es posible que alguien de la empresa haya manipulado el proyecto. Pero aún hay más, ese código que localicé en los registros de datos también aparecía en los documentos clasificados.

—Pero, Sam, tú misma has visto que los datos de ADA son asombrosos. Los ratones están obteniendo unos resultados extraordinarios y ahora tengo, tenemos, la oportunidad de hacer realidad el proyecto con sujetos humanos —Marc habló con tono apasionado.

—Marc, no sé si deberíamos seguir. Están ocurriendo una serie de sucesos que no estoy segura de que solamente se traten de contra espionaje, creo que hay algo más —Samantha contestó agotada. No pensaba con claridad el cansancio se estaba apoderando de ella. También se sentía exhausta y vulnerable por no conseguir recordar nada de la tarde anterior.

—Sam, vamos a hacer una cosa. Por el momento mantengamos esto entre tú yo y estemos a alerta de cada detalle. Monitorizaremos más exhaustivamente el proyecto en busca de algún indicio de sabotaje o de algo más allá. Si vemos que hay pruebas de que BioBrain Dynamics está detrás de algo potencialmente peligroso, que pueda afectar a la integridad y ética del proyecto, entonces denunciaremos y abandonaremos. Pero créeme, están intentando meternos miedo para que renunciemos al proyecto. La competencia quiere que nos apartemos del camino para tener ellos vía libre y ser los pioneros.

Samantha sentía que por momentos se le nublaba la mente, sabía que lo que planteaba Marc no era tan simple. Necesitaba otro café para pensar con claridad. Samantha intuía que Marc no estaba en lo cierto, pero no estaba con ánimos y no se sentía con fuerza para seguir la discusión. Así que pensó que seguiría con el proyecto, por el momento, y monitorizaría cada línea de código del sistema.

17.

Marc

Marc sentía la necesidad de compartir las últimas novedades con Samantha y Claudia. Sabiendo que las horas eran algo intempestivas, había considerado contarle a su hermana las noticias más recientes, dado que por su horario de trabajo la encontraría seguro en el Hospital. Sin embargo, una vez más, había sido imposible quedar con Claudia, sus respectivos trabajos y horarios lo hacían realmente difícil.

Marc se sentía pletórico porque finalmente la familia de la Sra. Alice Whitmore le había dado el beneplácito para que ella formara parte del programa experimental para el tratamiento del Alzheimer, aunque aún tenían que esperar a la firma del consentimiento.

La familia de Alice se encontraba nuevamente en el hospital, sumidos en una profunda preocupación. Los signos del Alzheimer se habían agudizado y para la familia era muy triste ver el deterioro tan dramático y progresivo de la enfermedad. Habían decidido firmar los papeles próximamente para incluirla en el innovador proyecto que les había propuesto el Dr. Craig unos meses atrás.

Marc no podía estar más feliz, pues contaría en breve con el primer sujeto para la experimentación de los implantes en humanos. Sentía la necesidad de contárselo a su hermana, pero Claudia estaba muy ocupada con la entrada de cuerpos diseccionados y llamar a Samantha a esas horas no era la mejor idea.

Por otra parte, seguía preocupado por Samantha y su extraño comportamiento del día anterior.

Al revisar su móvil, observó que Samantha finalmente había visto sus mensajes. Eso le brindó un poco de alivio y aunque no había obtenido aún respuesta, sabía que en unas horas la vería en el laboratorio y allí intentaría encontrar un momento para averiguar más sobre cómo estaba y sobre su extraño comportamiento del día anterior.

También estaba ansioso por contarle que ya tenía sujeto para las pruebas con humanos. Todo iba viento en popa.

Marc fue al aparcamiento del Hospital y cogió su coche. Quería seguir con la monitorización de los ratones. Desde el Hospital se dirigió hasta los laboratorios de BioBrain Dynamics. A esas horas no había casi tráfico. Al llegar aparcó en la zona designada para los trabajadores de BioBrain Dynamics.

Marc se adentró en el edificio y saludó al guardia de seguridad. A aquellas horas de la madrugada era muy posible, que él, el personal de seguridad y de mantenimiento fueran las únicas personas que se encontrasen en ese instante en el edificio. Se dirigió velozmente por las escaleras. Se sentía tan exultante que su dopamina se multiplicaba por cien.

Entró en el laboratorio y como ya había anticipado sólo estaba él y los sujetos de experimentación de cuatro patas.

Fue a las jaulas donde estaban los ratones incluidos Eva y Adán. Cada sujeto tenía su propia jaula individual. Al ser una especie con comportamiento, principalmente nocturno, se observaba una notable actividad en ellos a aquellas horas, aunque realmente mostraban actividad tanto, durante el día como durante la noche.

Marc revisó los registros en los grandes monitores que había en la sala. Los resultados seguían siendo asombrosos.

Hoy tenían previsto probar una serie de pruebas de laberintos de agua.

El laberinto de agua o laberinto acuático de Morris era una de las pruebas con los que se evaluaba a ratones. Esta prueba consistía en situar al ratón en una cubeta redonda con agua. Dentro de la cubeta se encontraba una plataforma a la cual el ratón debía de alcanzar una vez sumergido en el agua. En el momento que los técnicos observaban que el ratón había conseguido llegar hasta la plataforma, lo sacaban de la cubeta y también extraían la plataforma. La prueba consistía en volver a situar al ratón dentro de la cubeta, pero esta vez sin la plataforma. Era entonces cuando se evaluaba si el ratón realmente era capaz de localizar el lugar donde había estado la plataforma, de ser así indicaría que su memoria y su capacidad espacial estaban en buena forma.

Media hora después llegaron los técnicos de laboratorio y empezaron a llenar de agua las cubetas. Tenían dos, así que harían las pruebas por parejas.

Marc se puso los guantes y cogió a Adán. El otro técnico se dirigió a la jaula de Eva.

Marc se quedó hipnotizado por la mirada del pequeño roedor, sus ojos estaban fijos en los de él, por un momento sintió un escalofrío recorrer su espalda. La mirada de Adán parecía que estuviera escudriñando su mente.

—Marc, ¿me lo traes? —preguntó el segundo técnico del equipo.

En ese momento Marc despertó de su trance. Había quedado totalmente absorto por la intensa mirada del roedor. Su nombre retumbó en la sala lo que le provocó un ligero sobresalto.

—Sí, ya lo traigo —Marc se dirigió dónde estaba el técnico y se lo pasó.

Ya tenían las cubetas listas, e introdujeron en cada una de ellas a Adán y a Eva.

Los técnicos sumergieron a los ratones en sus respectivos baldes y tanto Eva como Adán, tras visualizar las plataformas, rápidamente se subieron a ellas.

Los ratones, aunque solían ser buenos nadadores, preferían un sitio estable y seco en el que permanecer, pues de otra forma se fatigaban.

Una vez que los ratones llegaron a la plataforma, los técnicos procedieron a extraer a los ratones y sus plataformas de las piscinas, para continuar con la prueba. Ahora solamente introdujeron los ratones, cada uno en sus respectivas cubetas, pero esta vez sin la plataforma en la que apoyarse.

Tanto Adán como Eva se dirigieron hacía donde, pocos minutos antes, se había situado una plataforma. Eso era un excelente indicativo. Sabían orientarse y habían podido recordar donde se había situado la plataforma anteriormente. Los dos ratones al no encontrarla en sus cubetas fueron hacia las paredes en un intento de salir de ésta y ponerse a salvo.

Pero entonces, notaron que Adán empezaba a ponerse nervioso, nadando en círculos y golpeando su cabeza con la pared de la cubeta. Uno de los técnicos fue a cogerlo, mientras que Marc hacía lo propio con Eva.

—¡Ah! ¡Maldita sea! Me ha mordido —chilló Jason, uno de los técnicos, sacudiéndose el dedo en un intento de aliviar el dolor.

Marc dejó a Eva en la jaula y se dirigió a ayudar al técnico que sostenía a Adán.

—Déjame ver —le dijo Marc al técnico, mirando la pequeña herida en la mano mientras le sostenía al ratón.

—No parece que sea nada, gracias a que llevabas puestos los guantes, pero parece que nuestro amigo Adán apretó fuerte. Ve a la enfermería para que te miren la herida —sugirió Marc a Jason.

Adán y Eva se habían mostrado siempre bastante dóciles y tranquilos al igual que los demás sujetos con los que esas semanas estaban haciendo las pruebas.

Marc pensó que seguramente el estrés se había apoderado de Adán al no poder encontrar la plataforma donde se suponía que había estado antes. Marc cogió una toalla para Adán, lo secó y lo llevó a su jaula. Notó la mirada de Adán clavarse fijamente en la suya. Una vez más notó algo perturbador en esos ojos.

18.

El dilema

"En nuestro negocio, hablamos de tecnologías emergentes y cómo impactan en la sociedad. Nunca hemos visto que una tecnología se mueva tan rápido como la IA tiene un impacto en la sociedad y la tecnología. Esta es, con mucho, la tecnología que se mueve más rápido que jamás hayamos rastreado en términos de su impacto y apenas estamos comenzando."

- *Paul Daugherty, CTO de Accenture y Autor de "Human + Machine: Reimagining Work in the Age of AI"*

Samantha se había quedado dormida encima de la mesa de su ordenador. Miró la hora y se levantó bruscamente, pero en ese instante sintió una punzada en la cabeza, se llevó la mano a la sien en un intento para aliviar el dolor. Había vuelto esa odiosa jaqueca. Se dirigió hacia la cocina para tomarse un analgésico.

Se sentía desorientada y todavía no recordaba lo sucedido la tarde anterior. Aún aturdida se apresuró a tomar una ducha rápida y a vestirse para ir a los laboratorios. En ese momento recordó que debía hacer la analítica que le encomendó el Dr. Stevenson y como no había desayunado pensó que lo más sensato sería ir directamente al Hospital a que le realizaran el análisis sanguíneo. Desde allí, al finalizar su cita, se dirigiría hacia los laboratorios de BioBrain Dynamics.

Aún era pronto y pensó que podría alcanzar a hacerlo todo. Cogió su ordenador y rápidamente salió del apartamento para llegar cuanto antes al Hospital.

A pesar del tráfico en esas horas tempranas, logró llegar a una hora razonable.

Al entrar a la recepción se encontró con Claudia.

Samantha y Claudia se conocían ya desde hacía unos años, Marc las había presentado en una conferencia que éste había dado sobre neurología. Samantha observó que Claudia parecía cansada, se acercó para saludar puesto que ella no había notado su presencia.

—¿Claudia?, ¿qué tal? —preguntó Samantha tímidamente.

—¡Ah! ¡Hola, Samantha!, la verdad es que no te esperaba encontrar aquí a estas horas —exclamó Claudia, entre una mezcla de asombro y alegría, al verla. Samantha y Claudia, aunque no se veían muy a menudo mantenían una buena amistad desde el momento en que se conocieron.

—Vengo a hacerme una analítica, ya sabes, órdenes del médico —dijo Samantha con un gesto para quitar importancia.

—¿Qué tal, Claudia? —supongo que has estado trabajando hasta hace poco —preguntó Samantha.

—Efectivamente, ahora me disponía a salir a tomar un poco de aire fresco, que lo necesito —contestó aliviada Claudia, sabiendo que podría descansar después de una larga noche de trabajo.

—Esta noche hemos tenido unos casos algo insólitos y hemos estado todo el equipo bastante ocupado. Si quieres, miramos de quedar con Marc y me contáis las novedades del proyecto. Esta noche Marc intentó contármelas, pero yo no pude ni prestarle cinco minutos —dijo apesadumbrada Claudia.

—Sí, por supuesto, miramos de quedar esta semana antes de que entres a trabajar —contestó Samantha.

—¡Estupendo, Samantha! Mantenedme al corriente para programar una cita —contestó sonriente Claudia. El arte de sociabilizar se estaba convirtiendo en todo un reto para ella. Desde que empezó a trabajar en horario nocturno, hacía ya unos años, su vida social vivía una debacle. Por eso, ante cualquier oportunidad de relacionarse con los demás, no la dejaba escapar.

Samantha se despidió de Claudia y se dirigió a la sala de análisis clínicos con la esperanza de que la llamaran pronto. La sensación de hambre empezaba a manifestarse y ansiaba terminar con el análisis para poder dirigirse a la cafetería y satisfacer su apetito. No haber comido en las últimas, al menos doce horas, le estaba pasando factura y se sentía cada vez más débil.

Afortunadamente no tardaron en llamar a Samantha para la analítica. Entró en la pequeña sala. Le dijeron que tomara asiento y mostrara el brazo. La enfermera, muy hábilmente, le fue extrayendo la sangre mientras rellenaba los tubos de muestra.

—¿Se encuentra bien? —preguntó la enfermera a Samantha al notarla palidecer.

—Algo mareada, pero es por la falta de la ingesta del desayuno, que mi cuerpo no perdona. Ahora iré a tomar algo—respondió Samantha, sin mucha energía.

Tras la analítica, llegó apresurada a la cafetería para poder ingerir algo de alimento cuanto antes. Se notaba mareada y hasta con nauseas. Finalmente, escogió un sándwich de jamón y queso y un reconstituyente café que la mantendría despierta al menos un par de horas más. En cuestión de minutos había terminado de comer y se encaminó hacia la parada de metro que estaba a dos calles del hospital, pero cambió de idea y pensó que no quería llegar demasiado tarde pues esa mañana debía hablar de forma urgente con Marc.

Dio medio giro sobre sus talones y fue a la esquina para esperar un taxi. Desde allí se dirigiría a los laboratorios de BioBrain Dynamics.

Mientras caminaba, intentó llamar a Marc. La llamada sonó tres veces y saltó el contestador.

—Marc, me dirijo hacía el laboratorio. Necesito hablar contigo —dijo Samantha. —Están ocurriendo sucesos extraños e inquietantes, que podrían poner en peligro la integridad del proyecto.

Colgó y se paró en la esquina para esperar un taxi.

Mirando hacia la esquina de la calle a la que había llegado, experimentó una sensación de *déjà vu.*

¿Ayer estuve aquí?—se preguntó mentalmente.

No conseguía recordar. En ese instante sintió un pinchazo en la nuca, fruto de su imaginación e instintivamente se pasó la mano por la zona esperando encontrar algo, cosa que fue en balde.

Rápidamente apareció un taxi y se subió apresuradamente a él.

Aún no eran las nueve y media así que no llegaría demasiado tarde, a pesar de haberse dormido.

Sabía que esa noche sin descansar le pasaría factura durante el día. Sin embargo, se resignó a ello y lo enfrentaría aumentando la ingesta de cafés ese día.

Su mente seguía nublada, pero tenía claro que esa mañana debía hablar con Marc.

En poco menos de veinte minutos llegó a los laboratorios de BioBrain Dynamics. Se bajó del taxi y se quedó admirando el edificio. La verdad es que era un edificio imponente, de bastante reciente construcción con lo que su aspecto exterior se veía muy moderno acorde con su innovador interior.

Samantha entró en el edificio y saludó al agente de seguridad. Desde el vestíbulo se dirigió directamente a los laboratorios donde sabía que estaría todo el equipo.

Cuando entró, vio que estaban realizando las pruebas de Morris y aunque no las había visto nunca, sabía que se trataba de unos laberintos con agua para entrenar los ratones.

Marc vio a Samantha de inmediato y fue directamente hacia ella para saludarla.

—Hola, Samantha, ¿cómo estás? No haces buena cara —dijo preocupado Marc.

Samantha se dio cuenta que no había visto su mensaje.

—Marc, te llamé y te dejé un mensaje —comentó Samantha seria.

—Discúlpame, Sam, estuve preparando esta mañana las pruebas y tenía el móvil en silencio —tratando de justificar por qué no había visto el mensaje. La verdad es que Marc ansiaba hablar con Samantha.

—Marc, tenemos que hablar, pero aquí no, vayamos a una de las salas —le comentó Samantha en voz baja.

Marc asintió con la cabeza y se dirigieron hacia una de las salas para reuniones de equipo. A esas horas estaban libres, así que escogieron la que estaba más cerca. Marc estaba bastante preocupado, nunca había visto a Samantha reaccionar así.

Samantha cerró la puerta y empezó a comentarle:

—Están sucediendo muchas cosas que no puedo explicar, pero que podrían afectar al proyecto —dijo Samantha nerviosa.

—¿Es por eso por lo que estabas tan extraña ayer? Pensaba que era por la revisión médica que tuviste —preguntó Marc.

—La visita médica fue bien, aunque aún estoy pendiente de los resultados, pero parece que todo estaba bajo control, al menos hasta el momento.

—Me alegro mucho Sam, estaba realmente muy preocupado.

—Yo también Marc, pero por otras razones. Las horas de ayer por la tarde se esfumaron, es como si no hubieran existido, no sé a qué se debe, pero no consigo recordar nada.

—¿Podría ser por todo el estrés de tu visita médica y también por el proyecto? Realmente no estas descansando, Sam.

—No sé, Marc, pero no es sólo eso. Recibí en mi casa unos documentos confidenciales que trataban sobre un proyecto militar en el que parece estar involucrado BioBrain Dynamics —prosiguió Samantha—. El documento explicaba la inserción de implantes cerebrales en soldados. Junto al sobre, también había una nota en la que me advertía que me mantuviera alejada del proyecto pues decía que la empresa BioBrain Dynamics estaba involucrada en temas de extrema peligrosidad—. Implantes en soldados. ¡Es una monstruosidad! Y no solo eso también recibí una misteriosa llamada advirtiéndome de BioBrain Dynamics.

—Y eso, ¿qué relación tendría con nosotros? —preguntó extrañado Marc—. Sam, todo está funcionando estupendamente, además ya tengo una paciente que su familia dará el consentimiento para que empecemos las pruebas con ella —dijo un entusiasmado Marc—. Nuestro primer sujeto humano, ¡imagina la oportunidad!

—Marc, ¿no lo ves? Hay algo turbio en todo esto. Algo que se nos escapa y tengo la sospecha que nos están utilizando para llevar a cabo proyectos secretos tan horribles como este proyecto militar que nombran en los documentos. Tengo miedo Marc, esto se nos puede ir de las manos.

—Sam, no has pensado que quizás todo sea un montaje de la competencia para que abandonemos el proyecto y que esos documentos sean simplemente falsos —se le ocurrió de inmediato a Marc. Marc sabía, por contactos, que las empresas de la competencia iban detrás de la misma tecnología, pero aún estaban lejos de alcanzar los resultados que ellos habían conseguido.

En la mente de Marc no cabía otra posibilidad de distinta índole, pues de ser así tendría que abandonar el proyecto y eso, a estas alturas no entraba en sus planes. Había conseguido mucho y había invertido mucho esfuerzo como para dejar escapar una oportunidad que lo llevaría a la fama y al respecto internacional en su campo.

—Hay muchas compañías que andan detrás de esto, pero no han logrado avanzar como lo hemos hecho nosotros. De hecho, como te he comentado, dispondremos de nuestro primer sujeto humano para nuestro proyecto—. Sam, ¿sabes lo que significa, ¿verdad?, pronto podremos insertar los implantes en humanos. Eso supondría un salto abismal en el avance hacia una solución para los enfermos de Alzheimer —Marc comentó visiblemente eufórico.

—Marc, no sé, quizás eso explicaría que hubiesen entrado en mi apartamento. Quizás el robo en mi apartamento se hubiese tratado de espionaje tecnológico —dijo Samantha tratando de atar cabos con el argumento que le acababa de dar Marc.

—Pero descubrí algo más —dijo Samantha recordando los últimos eventos. —Las semanas que estuve entrenando a ADA detecté que, en los registros de datos generados por el sistema, además de los modelos de entrenamiento que había insertado para el aprendizaje automático de ADA, observé algunos códigos que no coincidían con ninguna numeración interna. Esa misma noche se había producido un salto en las horas de los registros de datos, cómo si alguien hubiera entrado en el sistema. Hablé con Adrien, pero me dijo que, técnicamente era imposible pues la red estaba aislada. Marc, eso lo complica, es posible que alguien de la empresa haya manipulado el proyecto. Pero aún hay más, ese código que localicé en los registros de datos también aparecía en los documentos clasificados.

—Pero, Sam, tú misma has visto que los datos de ADA son asombrosos. Los ratones están obteniendo unos resultados extraordinarios y ahora tengo, tenemos, la oportunidad de hacer realidad el proyecto con sujetos humanos —Marc habló con tono apasionado.

—Marc, no sé si deberíamos seguir. Están ocurriendo una serie de sucesos que no estoy segura de que solamente se traten de contra espionaje, creo que hay algo más —Samantha contestó agotada. No pensaba con claridad el cansancio se estaba apoderando de ella. También se sentía exhausta y vulnerable por no conseguir recordar nada de la tarde anterior.

—Sam, vamos a hacer una cosa. Por el momento mantengamos esto entre tú yo y estemos a alerta de cada detalle. Monitorizaremos más exhaustivamente el proyecto en busca de algún indicio de sabotaje o de algo más allá. Si vemos que hay pruebas de que BioBrain Dynamics está detrás de algo potencialmente peligroso, que pueda afectar a la integridad y ética del proyecto, entonces denunciaremos y abandonaremos. Pero créeme, están intentando meternos miedo para que renunciemos al proyecto. La competencia quiere que nos apartemos del camino para tener ellos vía libre y ser los pioneros.

Samantha sentía que por momentos se le nublaba la mente, sabía que lo que planteaba Marc no era tan simple. Necesitaba otro café para pensar con claridad. Samantha intuía que Marc no estaba en lo cierto, pero no estaba con ánimos y no se sentía con fuerza para seguir la discusión. Así que pensó que seguiría con el proyecto, por el momento, y monitorizaría cada línea de código del sistema.

19.

La reunión

El día transcurriría algo convulso, cuya principal preocupación no desaparecía de la mente de Samantha.

Las horas de la mañana estuvieron bastante ocupadas y sólo lograba mantenerse despierta a base de cafés. Seguía inquieta por todo lo que había sucedido y lo que había experimentado la tarde anterior. Continuaba sin recordar nada y eso le generaba una tensión persistente. Durante el día estuvo monitorizando el sistema y todo parecía bajo control. No había sorpresas. ADA y los implantes funcionaban como estaba planeado e incluso se podría decir que superaba las expectativas.

A media tarde, Michael Turner convocó a todo el equipo para una reunión.

Michael les esperaba en la sala de reuniones.

Allí se encontraba de pie con traje, como de costumbre, luciendo un estilo más sobrio que contrastaba con las batas blancas de los demás integrantes del equipo. En su rostro se dibujaban unas notorias ojeras, parecía que no estaba durmiendo bien. Cuando ya todos fueron tomando asiento, Michael les dio la bienvenida y empezó el discurso.

—Buenas tardes a todos. Primero de todo quiero agradeceros el esfuerzo de todo el equipo para llevar a cabo el proyecto. Se que es un proyecto muy exigente, pero los resultados obtenidos son el fruto precisamente de la implicación de cada uno de vosotros. Es un desafío constante, pero también muy gratificante pues nos llevará a ser los pioneros en este tipo de tecnología aplicada a la enfermedad del Alzheimer —Michael continuó notablemente agotado. —Me gustaría, antes de despedirme, reconocer y valorar el arduo trabajo, dedicación y pasión de todos vosotros. Se que BioBrain Dynamics cuenta con los mejores. Con vuestros conocimientos científicos y tecnológicos estamos consiguiendo avanzar hacia nuestro objetivo.

Samantha, en ese momento, vio a uno de los técnicos con el dedo y parte de la mano vendada.

—Marc, ¿tú sabes que le ha pasado a James? —preguntó Samantha en un susurro, para no interrumpir la intervención de Michael, pero sin saber certeramente si se trataba de James o Jason, los técnicos de laboratorio. A veces tener a gemelos idénticos trabajando contigo era algo desconcertante por las confusiones que acarreaba. Ella, para evitar equívocos, siempre miraba su placa de identificación que todos llevaban en la bata, pero esta vez ellos estaban sentados lo suficientemente lejos como para no poder leer el nombre.

—Ese es Jason. Esta mañana Adán le mordió en la mano mientras se estaban ejecutando las pruebas. Adán se angustió en la prueba de hoy al no poder encontrar la plataforma. No te preocupes que luego ya se mantuvo tranquilo y jovial como siempre —contestó Marc.

Samantha no se quedó muy tranquila con la explicación, pero tampoco era el momento para extraer más información.

—Espero que vosotros también estéis orgullosos de pertenecer a una empresa como la nuestra que está liderando la vanguardia en la lucha contra el Alzheimer. Nuestro compromiso con la innovación y el impacto positivo en la vida de las personas nos impulsa a emprender estos tipos de proyectos tan desafiantes como estimulantes para el intelecto —continuó Michael con el discurso—. Además, parece que pronto podremos, gracias al Dr. Marc Craig, contar con una paciente de Alzheimer para las primeras pruebas de implantes.

Se escuchó un vocerío general de asombro.

Marc y Samantha se miraron. Samantha no sabía que Marc ya había traslado la noticia a Michael, era demasiado pronto pues aún no había ninguna firma de consentimiento.

Marc estaba también bastante sorprendido de lo que acababa de escuchar. Él no había compartido la noticia a nadie más que a Samantha y a la directora del Hospital, la Dra. Navarro. No quería creer que ella le hubiera desvelado algo que aún no estaba confirmado.

—De nuevo quiero agradeceros vuestro esfuerzo. Sigamos trabajando con la determinación que nos caracteriza como equipo, para marcar la diferencia y seguir a este nivel. En la sala de la cafetería hemos organizado un servicio de catering, así que quien lo desee puede dirigirse allí para tomar unos refrigerios. Muchas gracias a todos. Nos vemos mañana.

—Marc, ¿tú le habías dicho algo? —preguntó Samantha con una mirada de sorpresa.

—No, no, claro que no. Sólo lo sabíais tú, la Dra. Navarro y la familia de la paciente —contestó Marc.

Antes de que Michael abandonara la sala, Marc se dirigió hacia él y se interpuso sutilmente en la puerta.

—Hola, Michael —saludó Marc.

—Hola, Marc. ¿Qué tal? —preguntó Michael.

—Quería preguntarte algo, ¿cómo es que has comunicado a todo el equipo lo de la paciente para los implantes, si aún no sabemos con certeza si finalmente firmará la familia? Y, además, ¿cómo te enteraste de la noticia? —preguntó Marc apresuradamente, ansioso por obtener respuestas.

—Dr. Craig, no se preocupe, la familia firmará. ¡Ah! y no es el único que tiene contactos en el Hospital —contestó tranquilamente Michael a Marc mientras salía por la puerta de la sala de reuniones.

—¿Qué te ha dicho Michael? —preguntó inquieta Samantha.

—Nada, que él también tiene contactos y que no me preocupara, que la familia firmará —contestó Marc entre asombrado y enojado por haberse dado la noticia del sujeto de pruebas de esa forma y sin estar confirmado y ¿por qué Michael tenía la certeza de que la familia firmaría?

Marc, aunque había hablado con la familia y sabía que su intención era firmar, sabía que podría haber cualquier cambio inesperado. Hasta que no hubiera firma no estaba todo decidido.

Era todo muy confuso, pero cada vez Samantha tenía más claro que algo no andaba bien.

Tanto Marc como Samantha y algunos técnicos se dirigieron de nuevo al laboratorio mientras el resto del equipo se trasladaron a la cafetería.

El resto de la tarde pasó tranquila, entre pruebas y desarrollos técnicos, pero en la mente de Samantha rondaba la duda sobre la ética de lo que estaban desarrollando.

Se empezaba a hacer tarde. Samantha, pese a que estaba agotada no quería volver a casa y pensó que quizás podría quedar con Marc y Claudia.

—Marc, sé que hoy ha sido un día algo extraño, quizás nos vendría bien salir y vernos con tu hermana, ¿qué te parece? —pregunto Samantha.

—Hoy no puedo. He de regresar al Hospital y revisar el papeleo legal. Me gustaría tenerlo preparado todo en breve para la firma, que esperemos llegue ese momento que Michael tiene tan claro.

Sam, me encantaría acompañaros, ¿qué me dices de mañana? —preguntó Marc, pues ansiaba igual que Samantha un rato para charlar fuera del ámbito del trabajo.

—Voy a verificar si Claudia puede hoy. También podríamos organizar algo para quedar todos mañana por la tarde.

Marc se despidió de Samantha y se dirigió a la puerta, mientras Samantha llamaba a Claudia.

—Claudia, soy Samantha, quizás es algo precipitado, pero ¿te va bien que nos veamos antes de que empieces tu turno? —preguntó Samantha a Claudia.

—¡Hola, Samantha! Pues me parece estupendo. Podemos quedar en el italiano de la esquina del Hospital, a las 18:30 —dijo entusiasmada Claudia.

—Genial, allí nos veremos. Hasta luego —dijo Samantha despidiéndose.

Samantha recogió sus cosas y abandonó el laboratorio para dirigirse directamente al restaurante con el que había quedado con Claudia.

El laboratorio se fue sumiendo en el más absoluto silencio, o casi.

20.

Adán

"A la gente le preocupa que las computadoras se vuelvan demasiado inteligentes y se apoderen del mundo, pero el verdadero problema es que son demasiado estúpidas y ya se han apoderado del mundo."

-Pedro Domingos, profesor en la Universidad de Washington

En el laboratorio, ya sin el algarabío de los investigadores, reinaba la oscuridad y el silencio, sólo interrumpidos por el zumbido de las pantallas actualizando los datos de monitorización y el ruido de los roedores moviéndose en sus jaulas. Pero algo inusual había ocurrido esa tarde, una de las jaulas estaba vacía.

Aquella tarde una jaula no había quedado bien cerrada. Con el suceso del mordisco, los técnicos se habían apresurado a dejar a los sujetos en sus respectivas jaulas, pero Marc no se había percatado que no había puesto los cierres de seguridad.

La jaula de Adán estaba vacía.

Adán, de forma habilidosa, había podido retirar la tapa con su lomo y salir. Se desplazaba a sus anchas por el laboratorio llevando en su boca un pedazo de comida que había encontrado en uno de los recipientes de alimento para ratones.

El roedor se dirigió a uno de los baldes que aún estaba sobre las mesas del laboratorio y lanzó el trozo de comida dentro del mismo, se dio la vuelta y caminó hacia las jaulas. Adán se situó frente a una de ellas y se las ingenió para abrir la jaula de uno de los roedores. El ratón, al ver que se levantaba la puerta, empezó a asomar el hocico y cuando se sintió seguro salió de ella.

Los dos ratones se dirigieron al barreño donde Adán había depositado la pieza de comida. El ratón liberado podía oler, con su hocico, la apetitosa pieza. Empezó a seguir su olfato seguido de Adán, que se mantenía a pocos centímetros de éste, para asegurarse que se dirigiese al destino elegido por él.

El ratón llegó hasta balde de agua gracias a que pudo subirse a un bloc de notas. El bloc era lo suficientemente alto para utilizarse de escalón y alcanzar el barreño. Situó sus patitas delanteras en el borde del balde mientras aún mantenía las traseras en el bloc de notas. Movía la cabecita siguiendo su olfato que lo guiaba hasta dentro del cubo con agua. En un momento dado dio un pequeño salto y se introdujo dentro del balde. Allí llegó hasta su ansiada pieza de olorosa comida, la agarró entre sus dientes, mientras con sus patitas se mantenía a flote. Se movía de un lado a otro intentando localizar donde había estado la plataforma anteriormente, pero esta vez no había plataforma. Al borde del balde también había llegado Adán situándose con sus patitas delanteras apoyadas en el barreño, pero a diferencia del ratón que había dentro del barreño, él no tenía intención de saltar, sólo estaba allí expectante. Adán se encontraba allí para asegurarse que el pobre animal no podría salir del balde.

Una vez que vio que, efectivamente ya no le quedarían muchas fuerzas para lograrlo, Adán regresó a su pequeña jaula donde volvió a colocar la tapa ayudado de su lomo, quedando igualmente abierta desde la parte exterior.

21.

Claudia

Claudia fue la primera en llegar al restaurante y, aunque no tenía reserva, pidió una mesa para dos. Tenía la certeza de que, al tratarse de un miércoles no debería tener problemas en encontrar una mesa libre para ellas. El camarero de la entrada le indicó que podía escoger cualquier mesa que desease. Entró en el restaurante con paso decidido, luciendo ropa cómoda, pero elegante a la vez. Vestía una bonita camisa blanca y sus piernas estaban enfundadas en unos ajustados tejanos con los que se intuía su esbelta figura.

Al tomar asiento, en una de las mesas libres para dos comensales, Claudia se ajustó sus gafas a la nariz, sacó su móvil y envió un mensaje a Samantha para comunicarle que ya estaba dentro del restaurante.

Su cabellera de color marrón ondulada, que caía sobre sus hombros y su aspecto delicado y juvenil podían dar la impresión, para aquellos que no la conocieran, de tratarse de alguien vulnerable y frágil. Sin embargo, detrás de esa apariencia delicada, se encontraba alguien con gran personalidad y fortaleza.

A pesar de su juventud siempre había sido una persona muy independiente y trabajadora. Poseía una naturaleza observadora, e intuitiva, además de gran inteligencia, lo que le permitía brillar en todo aquello que se proponía. Su gran capacidad de conectar relaciones, así como para identificar patrones y deducir conclusiones, le habían sido de gran ayuda para su trabajo. Su oficio le apasionaba, pero tenía claro que, si no se hubiera dedicado a la especialidad de forense, habría deseado ser detective, como el carismático detective Maxwell con quién había coincidido en varios casos en el pasado.

A pesar de sentirse algo cansada en los últimos días, tenía muchas ganas de ver a Samantha. Hacía ya bastante tiempo que no coincidían, así que sería una buena oportunidad de tener esa ocasión para conectar con el mundo, pues últimamente su vida se estaba volviendo algo asocial.

Se acercó el camarero para tomar nota. Por el momento sólo tomaría agua con gas y esperaría a Samantha para empezar con el vino.

Samantha se retrasó un poco debido a una avería en el metro, lo que le hizo perder algo más de tiempo del esperado. Sin embargo, gracias a su decisión de ir directamente al restaurante, no llegaría demasiado tarde. La jaqueca no había remitido del todo, pero la tenía más controlada con los analgésicos y a pesar de no haber dormido la noche anterior notaba que todos los cafés del día la estaban manteniendo despierta unas horas más.

Por fin llegó a la parada de metro más cercana al restaurante, sólo tendría que caminar unos pocos metros. Sabía que Claudia ya estaría dentro del restaurante porque había recibido su mensaje. Al entrar al restaurante vio a Claudia y se dirigió directamente hacia su mesa. Se saludaron con un fuerte abrazo. A pesar de que no se veían con frecuencia, las dos se apreciaban y se tenían un fuerte cariño. La profunda admiración mutua por sus respectivos trabajos fortalecía el vínculo entre ellas. Ambas tenían profesiones en las que, a pesar de las diferencias, compartían un profundo amor por la investigación y la ciencia. Su aprecio mutuo por la dedicación y la pasión que ambas ponían en sus respectivas ocupaciones las unía en una amistad sólida y llena de respeto.

—Samantha, ¡qué ganas de verte! ¿Cómo estás? —preguntó Claudia mientras ambas tomaban asiento.

—Bien, algo cansada, pero y ¿quién no? Estos días están siendo de locura —contestó Samantha gesticulando con la cara y las manos.

—Sí, cierto, te entiendo perfectamente, a veces siento que vivo viendo pasar mi juventud tras un cristal, en fin... —suspiró Claudia sin acabar la frase.

En ese momento se acercó el camarero para tomar nota.

—Samantha, ¿te parece si compartimos un vino? —preguntó Claudia.

—Hoy preferiría tomar agua con gas. He estado lidiando últimamente con jaquecas que no me dan tregua, por lo que quiero evitar consumir alcohol, ya que podría empeorar mi estado.

—¡Vaya!, lo siento Sam. Entonces pediremos agua con gas y para mí, por favor, una copa de vino blanco —dijo Claudia dirigiéndose al camarero.

El camarero tomó nota y se alejó de la mesa.

—Cuéntame todas las novedades, Sam y ¿qué pasa con esas jaquecas? —preguntó preocupada Claudia.

La verdad que habían pasado tantas cosas y tan críticas que no sabía por dónde empezar. Se paró a pensar lo que le iba a comentar, pues obviamente no le iba a explicar los entresijos del proyecto y ni tampoco le podía comentar todo aquello sobre la parte más oscura que estaba empezando a descubrir y que aún no tenía muy claro que era lo que se escondía detrás de todo.

—Claudia, la verdad es que el proyecto es emocionante y hemos podido avanzar mucho. Parece, además, que Marc conseguirá pronto la firma para la realización de pruebas en una paciente de Alzheimer. El proyecto está siendo apasionante, pero a la vez muy absorbente. En ocasiones también es extenuante y tengo que estar muy expectante a todos los pasos a seguir —prosiguió explicando Samantha—. ADA me mantiene muy ocupada y tengo la impresión de que hay algo en la empresa que se nos mantienen oculto. Además, ayer sufrí un episodio de amnesia y no consigo recordar nada —Samantha tomó aire, e hizo una fuerte exhalación pues se sentía exhausta sólo de pensar en todo y eso que había omitido mucha información realmente sensible que no podía compartir con ella, pues considerada que podría ser hasta peligroso.

El camarero llegó a la mesa y les sirvió las bebidas, gesto que aprovechó Samantha para beber un buen sorbo de agua fresca, para tomar algo de aliento.

—¡Vaya, Samantha!, no me sorprende que tengas jaquecas con toda la tensión del proyecto —exclamó Claudia mientras arqueaba las cejas de asombro.

—Bueno, bueno, Claudia, quiero saber de ti y también me sirve para desconectar. ¿Se sabe de donde salieron los cuerpos que os llegaron la otra noche?

—Pues la verdad, poco se sabe de ellos. Parece ser que aún no han sido identificados. Sinceramente es un poco inquietante, por decirlo de alguna manera —Claudia dio un sorbo a su copa de vino e, inclinando su cabeza hacia Samantha, bajó el tono de voz para proseguir—. Parece que es obra de la misma persona, eso nos conduciría a pensar que estamos ante algún asesino en serie con dotes de cirujano, pues las incisiones no parecen haber sido realizadas por un asesino vulgar cualquiera —aclaró Claudia.

Claudia no tenía tanto reparo en contar los detalles a Samantha, tenía plena confianza en ella.

—Maxwell, el detective del caso, me comentó que había puesto un aviso en la Interpol para ver si algunas personas desaparecidas coincidían con esas descripciones. Les enviaron las huellas para poderlas contrastar. Así que ya ves, estamos ante un caso que me pone los pelos de punta.

El camarero se acercó a la mesa para tomar nota de la comida. Las dos amigas no habían tenido tiempo de mirar la carta, pero como ya habían estado allí en otras ocasiones, pidieron lo que sabían que no les defraudaría; Samantha pidió un plato de pasta y Claudia pizza y ensalada.

—Estoy muerta de hambre —confesó Claudia cuando se alejaba el camarero—. Espero que no tarde mucho en llegar la comida.

Al contrario que Claudia, Samantha no se encontraba demasiado bien y apenas probó la comida cuando llegó.

ESTADIO 3

SUPER INTELIGENCIA ARTIFICIAL (SIA)

¿QUÉ OCURRE CUANDO LA INTELIGENCIA SINTÉTICA SUPERA A LA HUMANA?

CUANDO ESO SUCEDA, SINO HA SUCEDIDO YA, ESTAREMOS ANTE UN ENTE CIBERNÉTICO CUYA CAPACIDAD DE APRENDIZAJE EXCEDE POR COMPLETO NUESTRO ENTENDIMIENTO LOGRANDO AUMENTAR SU CAPACIDAD DE FORMA EXPONENCIAL A PARTIR DE SU PROPIO APRENDIZAJE AUTÓNOMO.

LA SIA SE SUPONE UNA INTELIGENCIA QUE VA MÁS ALLA DE LA HUMANA.

22.

El transporte

Barcelona, viernes 12 de septiembre 2024

José Antonio García, un transportista de cincuenta y dos años, había dedicado los últimos ocho años a trabajar para diferentes laboratorios como conductor de un camión refrigerado. Le apasionaba su trabajo y también viajar. Gracias a su oficio podía recorrer diferentes ciudades de Europa. Sabía que en cada transporte llevaba algo de vital importancia y aunque desconocía con exactitud el contenido de las cajas que transportaba, tenía la certeza de que contenían lo esencial para salvar vidas. De cierto modo, él se sentía un elemento importante completando el eslabón de la cadena que llevaría a alguien esa pieza esencial tan necesaria para una vida humana.

Era un trabajo algo solitario y en ocasiones monótono, pues normalmente cubría las mismas rutas de transporte. Sin embargo, la satisfacción que sentía al conocer la importancia de la labor que desempeñaba era incomparable. Además, el hecho de que estuviera bien pagado añadía un aliciente extra.

Esta vez le tocaba cubrir la ruta Madrid-Barcelona, que no eran muchos kilómetros en comparación con las extensas rutas que solía cubrir por gran parte de Europa, como Londres, París, Frankfurt, Ámsterdam o Barcelona.

Le quedaban pocos kilómetros para llegar al laboratorio de Barcelona. Allí ya le estarían esperando para hacer la descarga del camión y llevarlo a las neveras. Siguiendo las indicaciones que le habían proporcionado, la carga no se quedaría en el lugar de destino. Estaba programado que se unieran varios envíos provenientes de distintos puntos de Europa y que luego todos los paquetes se dirigieran a un laboratorio en Boston. Normalmente este conocimiento no estaba a su alcance, pero el técnico del laboratorio en Barcelona, Frank, tenía una amistad con Antonio desde hacía casi una década, por lo que le había transmitido la importancia de que estuviera allí a la hora prevista.

Antonio llegó una hora antes de la hora estimada, él siempre había sido muy eficiente en su trabajo. En los laboratorios le esperaba Francesc Comas Ferrer, Frank, como le gustaba que le llamasen.

Frank era el responsable de la logística de elementos biológicos y técnico de laboratorio. Ese mes había recibido una importante tarea; tenía que encargarse de reunir toda la mercancía orgánica llegada desde diferentes puntos de Europa y enviarla en avión. La manipulación de órganos, tanto para la investigación como para trasplantes, requería de una logística precisa y rápida para garantizar la viabilidad de éstos. Frank era muy consciente que su trabajo requería meticulosidad y rigurosidad para que los órganos y análisis biológicos llegasen a destino en condiciones óptimas. Con la ayuda de Antonio fueron descargando el camión. Entre las cajas, también había paquetes con muestras biológicas de pacientes para analizar en el laboratorio y volver a enviar de regreso a las clínicas que los habían solicitado. Entre Frank y Antonio fueron repartiendo los paquetes y cajas en las dos neveras destinadas a estos cometidos. Las neveras eran provisionales hasta llegar al gran frigorífico donde guardaban todo el material, de esta forma se aseguraban de que no se rompiera la cadena de frio.

Las cajas blancas estaban embaladas adecuadamente como siempre que contenían este tipo material sensible. El contenido de las cajas de poliestireno se mantenía en soluciones de preservación específicas para mantener la temperatura y condiciones adecuadas. Revisó con esmero todo el papeleo y la documentación. Cada caja contenía la información detalladamente descrita; el tipo de elemento orgánico, el origen y el destinatario. En ese caso las cinco cajas blancas iban destinadas a Boston a nombre de una científica llamada Dra. Ana Delilah Abbott. La había googleado los días anteriores pues le había llegado una notificación avisando de que recibiría, desde varios puntos de Europa, contenido orgánico para destinar al laboratorio de Boston.

Le parecía extraño que nunca hubiera oído nada sobre la Dra. Delilah, así que la buscó por internet.

La Dra. Delilah parecía ser una reconocida científica. Se había doctorado en Neurociencia Cognitiva en la Universidad de

Stanford. Su tesis había sido "Investigaciones sobre la plasticidad cerebral y la memoria episódica en el envejecimiento cognitivo". Maestría en Psicología Cognitiva en la Universidad de Harvard y licenciatura en Neurobiología por la Universidad de Yale. En referencia a su experiencia laboral destacaban, cómo las más recientes: Investigadora principal en Neurociencia Cognitiva por la Universidad de California, o Investigadora Postdoctoral en Neurociencia Cognitiva en el Instituto de Tecnología de Massachussets, además de haber creado varias publicaciones de renombre en las revistas más populares en el campo de la investigación.

Le resultó un perfil abrumador. Le parecía increíble que una persona tan joven, según lo que había averiguado su edad era de 32 años, acumulara ese sinfín de experiencias profesionales y esa extensa formación académica. Pero lo que más le asombró era que nunca hubiera oído hablar de ella, considerando que él estaba al tanto de las últimas noticias en el ámbito científico.

Esa mañana debía reunir toda la mercancía llegada de otros puntos de Europa para preparar todo para su transporte en avión.

En las últimas semanas su laboratorio se estaba convirtiendo en un centro de operaciones.

Frank no sólo se dedicaba a gestionar estos envíos, sino que también se encargaba del control de las pruebas clínicas, pero sabía que esta encomendación logística les reportaría una suma importante de dinero. Ese dinero era muy esencial para la facción del laboratorio dedicada a la investigación, ya que con la financiación pública no daba para cubrir todo lo necesario.

Hizo las comprobaciones necesarias e incluso algunos chequeos extra llamando a los centros de emisión para verificar todos los datos. A Frank le parecía extraño que en un plazo tan corto de tiempo hubiese tantos donantes.

Todo parecía en orden, todo estaba perfectamente organizado y meticulosamente documentado. Sin embargo, entre la aparente armonía de ese engranaje, tenía un presentimiento que le hacía sospechar que algo no encajaba.

Llegó el camión donde transportarían todos los paquetes para enviar a Boston. Frank ya lo tenía todo preparado y listo. Una vez cargado el camión éste se dirigía al aeropuerto de Barcelona rumbo a Boston.

23.

Encrucijada

"La paradoja fundamental es que la IA puede convertirse en un poderoso catalizador que necesitamos para recuperar nuestra humanidad."

-John Hagel III, consultor de gestión y autor de múltiples publicaciones en management. Especializado en tecnologías emergentes.

Marc casi no había pegado ojo debido a la excitante semana que le esperaba.

Era muy probable que la familia de la paciente de Alzheimer firmara el consentimiento informado en los posteriores días. Se trataba de la familia de la adorable Sra. Alice Whitmore, cuyo estado había empeorado en las últimas semanas.

Marc se levantó esa mañana tan entusiasmado como nervioso. Tenía que avanzar trabajo y la ansiedad no le dejaba descansar. Decidió ir hasta los laboratorios y seguir con las pruebas. Más tarde, cuando llegaran los técnicos, podría proseguir con ellos en otras tareas.

Pero algo le inquietaba, aún no había recibido la respuesta de la IRB[18], la institución para aprobar las investigaciones en las que están involucrados seres humanos.

Era consciente de que obtener la aprobación para proyectos en los que los sujetos de investigación eran personas, no era una tarea fácil. Y se complicaba más cuando el sujeto no podía otorgar su propia autorización y era necesario contar con el consentimiento informado de un tutor legal. La complejidad aumentaba significativamente en estas circunstancias.

A pesar de tener pleno conocimiento de la complejidad y la duración de este proceso, a Marc le invadía una fuerte preocupación al no recibir la confirmación de la institución.

Optó por mantener su mente ocupada en lugar de esperar ansiosamente la evaluación de la IRB.

Marc se preparó un frugal desayuno acompañado de una generosa dosis de cafeína y luego se dio una ducha. Una vez listo, cogió su maletín y se dirigió al garaje para coger su coche, un vehículo compacto y autónomo que le facilitaba la conducción y aparcamiento en cualquier sitio de la ciudad.

---

[18] *Institutional Review Board: comité de revisión institucional que se encarga de revisar y supervisar la investigación que involucra a seres humanos.*

Cómo era habitual a esas horas, en el trayecto hacia los laboratorios no encontró demasiado tráfico, lo que le permitió llegar rápidamente al edificio de BioBrain Dynamics. En ese horario no habría todavía nadie, lo que le brindaba la oportunidad de organizar sus pensamientos y preparar las tareas para ese día.

Aparcó en las plazas de aparcamiento exteriores del edificio, a esas horas estaban libres y podría dejar el coche cerca de la puerta principal. Cogió su mochila y su tarjeta de identificación y entró en el edificio con paso decidido. Saludó a Jane, la guardia de seguridad y prosiguió directo a la sala de investigación, no quería perder mucho tiempo. Al ingresar a la sala, colocó sus pertenencias en una de las mesas y extrajo su portátil para comenzar a redactar algunos informes necesarios para el Hospital. Sin embargo, la sala no se encontraba en silencio; el constante gorjeo de los ratones dificultaba su concentración y le impedía sumergirse por completo en su tarea. La estancia en la que se hallaba era la sala de investigación, destinada tanto a llevar a cabo experimentos como a alojar las jaulas de los ratones de laboratorio. Esa mañana los ratones parecían estar notablemente inquietos y agitados en comparación con lo habitual. Apartó su vista del portátil y se dirigió hacia las jaulas para comprobar el estado de los ratones. Validó que tuvieran comida, agua y que las jaulas estuvieran limpias. Cada día por la tarde se revisaban las jaulas, se limpiaban y de nuevo se repetía el procedimiento a media mañana. Al acercarse a las jaulas fue mirando una por una, comprobando que todo estuviera en orden. Primero fue a las de Adán y Eva que estaban una a continuación de la otra y todo parecía estar correcto, aunque notaba a Eva algo más enérgica que de costumbre. Prosiguió revisando los otros recintos cuando de pronto notó la ausencia de uno de los ratones en la jaula frente a él. Se trataba del sujeto A2c, uno de los ratones sanos con los que se hacia el muestreo perteneciente al grupo de control y que no se había sometido al tratamiento de implantes.

Marc abrió la jaula y advirtió que no había sido cerrada. De algún modo el ratón se las habría ingeniado para escapar. Marc intuía que debía de encontrarse aún en la sala, pues la puerta del laboratorio estaba cerrada cuando él entró. Empezó a inspeccionar todos los rincones para averiguar dónde se encontraba. Miró debajo de las mesas y empezó a mover sillas, pero nada, no daba con él. Decidió acercarse a uno de los baldes de agua destinado a las pruebas. Cuando se acercó se dio cuenta que una pequeña masa blanca brillante flotaba. Cogió al ratón con una mano y lo secó con una pequeña toalla. Lo había encontrado, se trataba del sujeto de experimentación A2c y ahora yacía inerte sobre su mano, pero ¿cómo había llegado hasta allí? ¿Cómo había logrado salir de la jaula?

Al tratarse de un ratón que no había sido sometido a ningún implante podría sustituirlo por uno de los otros que tenían preparados, pero el mayor interrogante era, ¿qué había sucedido allí?

Pensó que debía mirar las cámaras de seguridad de la sala, pero tampoco quería levantar sospechas pues a esas alturas, cualquier circunstancia anómala podría frenar por completo las pruebas en humanos. Tendría que acceder a las cámaras de esa noche.

Necesitaba saber que había ocurrido durante las horas previas a esa mañana. Tenía la certeza que algo había sucedido desde la última limpieza de las jaulas hasta su llegada esa mañana, de no ser así el personal de limpieza ya hubiera avisado del encuentro con el ratón.

Por su frente empezaron a caer unas gotas de sudor debido a la tensión. Tenía que deshacerse del ratón antes de que alguien llegara al laboratorio y luego necesitaba averiguar que había sucedido. Envolvió al ratón en una pequeña toalla y lo puso en uno de los congeladores que tenían en una sala contigua. Allí nadie miraría y podría ganar algo de tiempo mientras resolvía como deshacerse del sujeto.

Marc abandonó la sala para dirigirse donde estaba Jane.

—Buenas noches, Jane —saludó Marc con un tono lo más sereno posible, mientras se aproximaba a ella tratando de disimular su nerviosismo.

—Buenas noches, Dr. Craig, ¿en qué le puedo ayudar? —respondió afablemente Jane.

—Me gustaría acceder a las cámaras de esta noche entre las 20:00 y las 6:00 —Marc se aproximó a Jane procurando mantener el tono relajado—. Ayer olvidé material de investigación en la sala 3 y esta mañana no logré encontrarlo. Es posible que ayer por la tarde algún técnico lo recogiera después de mi partida del laboratorio. Me gustaría averiguar quién lo hizo. No quiero incomodar a todos los técnicos consultando a estas horas. Si averiguo quién lo guardó o dónde está, me ahorraría unas llamadas y no molestar a todo el personal —respondió Marc un poco torpemente, pues realmente no se había preparado qué explicación dar a seguridad.

A Jane le pareció una petición algo extraña y mostró cierta reserva inicial, consciente de los protocolos de seguridad. Sin embargo, dado el tipo de proyecto y la confianza con el Dr. Craig la convencieron. Pero primero tenía que consultar, a través de la radio, con sus superiores y Marc tendría que rellenar un informe. Finalmente pudo entrar en el habitáculo de seguridad. Jane tecleó la información en la pantalla para acceder a los registros de las cámaras de la sala 3 y dejó que él pudiera visualizar las imágenes. Marc estaba concentrado en la pantalla e iba adelantando la grabación. Fue entonces cuando vio, perplejo, que en realidad el sujeto A2c no se había escapado. La jaula de Adán no había quedado bien cerrada y se las había ingeniado para salir, pero lo más asombroso, observando la grabación, era que había ayudado al sujeto A2c a salir de su jaula. Comprobó cómo Adán conducía al ratón hasta el barreño donde había dejado caer comida.

No daba crédito a lo que estaba viendo.

—¿Todo bien, Dr. Craig? —preguntó Jane, al ver que estaba muy concentrado en la pantalla.

—Gracias, Jane. Todo bien, parece ser que yo mismo guardé el material en el armario del laboratorio. La verdad no sé dónde tengo la cabeza —hizo una mueca mientras ponía la grabación al inicio de la noche.

—Una última pregunta, ¿cada cuánto borráis las grabaciones? Dado el estado de mi cabeza quién sabe si necesite consultar en otra ocasión.

—Depende, Dr. Craig, algunas se conservan durante días, otras semanas o inclusos meses. Las de los laboratorios 1-10 suelen guardarse por una semana y la de las demás salas de material sensible, se mantienen durante un mes.

—Sería conveniente que descanse más, Dr. Craig. La falta de sueño puede afectar la memoria —expresó Jane con seguridad. Después de años de trabajar junto a diversos investigadores, se sentía segura de sus observaciones y consejos y a continuación añadió: —No siempre estoy yo en la garita y dependiendo de quién esté presente, es posible que no autorice, tan fácilmente, la revisión de las cámaras de seguridad.

—Gracias Jane. Tienes toda la razón, debo descansar más —contestó Marc procurando evitar cualquier matiz irónico.

No quería incomodarla, ya que había sido gracias a ella que había podido averiguar lo que realmente había sucedido.

Volvió apresuradamente al laboratorio.

El comportamiento de Adán había sido del todo inusual. Su actuación lo dotaba de unas habilidades fuera de lo común.

¿Había provocado la muerte del otro ratón de forma intencionada? ¿Qué lo había llevado a actuar de esa forma y de la manera tan astuta en cómo lo hizo?

Sin embargo, otras inquietudes lo asaltaron. ¿Debería compartir esto con Samantha? Después de todo, ella ya le había expresado su preocupación sobre el proyecto. Pero, si se lo contaba, estaba seguro de que ella haría todo lo posible para detener el proyecto por completo.

Antes de nada, fue al laboratorio de la sala adyacente donde estaban los demás ratones, cogió otro ratón preparado para el muestreo y lo colocó en la jaula del sujeto A2c. Cómo no habían empezado las pruebas de control, con ese sujeto en concreto, no supondría ninguna desviación para el proyecto y las características de los dos ratones eran similares, ratones macho, jóvenes y sanos.

Se sentó un momento frente su portátil y se limpió el sudor con la mano. La verdad no sabía cómo abordar todo eso. El suceso podía no tener mucha importancia o significar el fin del proyecto. Desde luego el comportamiento de Adán era del todo anómalo y creía que debía contárselo a Samantha, pese a las consecuencias.

Cuando se hubo relajado consultó con ADA las constantes vitales de Adán.

—ADA, muéstrame la actividad cerebral de Adán entre las 3:00 a.m. y las 4:00 a.m. de la pasada noche —solicitó Marc a ADA. ADA ya podía responder a peticiones por voz de algunos técnicos y del Dr. Craig.

Seguidamente se mostraron los gráficos de la actividad cerebral y las constantes vitales.

Las constantes vitales se mostraban dentro de los parámetros normales, quizás se podía observar un aumento del pulso cardiaco entre las 3:23 a.m. y 3:40 a.m., pero lo que le llamó más la atención fue observar actividad incrementada en el hipotálamo y el hipocampo.

En ese instante, la puerta se abrió apareciendo la figura de Samantha. La entrada de Samantha tomó a Marc por sorpresa, causando que diera un pequeño salto en su silla. Estaba tan inmerso en sus pensamientos que la repentina aparición le causó un buen susto. Igualmente, agradeció que fuera Samantha la que hubiera accedido a la sala antes que los demás investigadores.

Aún no estaba preparado para explicarle lo que había sucedido, aunque sabía que tarde o temprano se lo debería decir.

—Buenos días, Marc —saludó Samantha, notando la reacción de sorpresa por parte de Marc—. Siento haberte asustado. No podía descansar y decidí venir más temprano al laboratorio. Por tu aspecto intuyo que tú tampoco has podido descansar —añadió, acercándose a Marc.

—Buenos días, Samantha. Tampoco podía descansar. La espera de la respuesta de la IRB me tiene algo inquieto, así que decidí venir al laboratorio a preparar informes y seguir las pruebas con los técnicos —contestó Marc intentando mantener la compostura.

—¿Cómo estás, Samantha? ¿Y cuál es tu excusa para estar aquí tan temprano? —preguntó Marc, tratando de disimular su inquietud tras el susto inicial.

—Tampoco podía dormir. Estaba algo desvelada, así que vine directa al laboratorio para hacer pruebas con ADA y monitorizar la actividad de los registros —contestó Samantha, notablemente cansada.

—Por cierto, ¿qué tal fue la cena con mi hermana? —preguntó Marc en un intento de desviar levemente la conversación.

—La verdad que muy bien. A ambas nos sirvió para desconectar brevemente. Aunque, en realidad, acabamos hablando del trabajo. Aun así, resultó igualmente gratificante —respondió Samantha.

—Habría sido estupendo poder unirme a la cena —acertó a responder Marc, aún algo nervioso por su descubrimiento.

Los dos se sentaron en silencio y siguieron con el trabajo.

24.

Proyecto: BioGénesis

"Siempre he estado convencido de que la única forma de hacer que funcione la inteligencia artificial es hacer el cálculo de manera similar al cerebro humano. Ese es el objetivo que he estado persiguiendo. Estamos progresando, aunque todavía tenemos mucho que aprender sobre cómo funciona realmente el cerebro".

- Geoffrey Hinton, informático británico y premio Turing en 2018.

Complejo de túneles cerca del monte Cheyenne

Colorado, EE. UU.

A finales del siglo XIX, en medio de la fiebre del oro que se había desatado en Estados Unidos, se llevó a cabo la construcción de una serie de túneles con el propósito de conectar las montañas Cripple Creek y Colorado Springs. Estos túneles, conocidos como los Túneles de Gold Camp Road, empezaron a construirse en el siglo XIX como una respuesta al auge de la búsqueda de oro en Pike's Peak.

En las montañas de Colorado, escondida tras la abundante maleza, se encontraba la entrada a una cueva de difícil acceso.

Era una cueva que no aparecía en ningún mapa.

En la última década de 1850, los indígenas se habían visto forzados a abandonar sus territorios, debido al aumento del creciente flujo de personas impulsadas por la fiebre de la búsqueda del oro. Estas personas comenzaron a ocupar sus tierras dejando a los Cheyenne sin más opciones que emprender nuevas rutas en busca de otros asentamientos.

Algunos grupos de la tribu Cheyenne también emprendieron expediciones hacia California siguiendo el rio Arkansas, movidos por el mismo influjo del delirio colectivo de conseguir el mineral dorado.

Otros grupos permanecieron por la zona montañosa del Colorado, también motivados por el mismo objetivo.

Fue uno de estos grupos quien encontró la cueva. En uno de los laterales de la montaña que estaban inspeccionando, uno de los miembros de la tribu hizo una señal a los demás, indicándoles que lo siguieran. Había encontrado un pequeño orificio escarbado en la roca, escondido entre espesas raíces y vegetación. Con la ayuda de los otros miembros de la tribu empezaron a despejar la entrada. Lo que inicialmente parecía ser una pequeña abertura en la roca, se transformó en un espacio más amplio y con la altura suficiente para acomodar a un hombre de estatura promedio. Los miembros de este grupo se establecieron en la cueva y la utilizaron como campamento principal.

La cueva era de grandes dimensiones y con el tiempo fueron encontrando nuevas cámaras internas. Aunque la tribu era nómada, la cueva les proporcionaría cobijo para pasar los duros inviernos de la región de Colorado.

En los años posteriores, los miembros de la tribu que habían decidido alojarse en la cueva, empezaron a enfermar y otros acabaron muriendo, ante la impotencia de los miembros más ancianos.

Con el tiempo, la cueva fue bautizada con el nombre ᎤᏲᎢ ᎤᏃᏍᎢ (Mal Aire).

Los indios más ancianos de la tribu indígena la llamaron de esta forma, impulsados por un presentimiento arraigado en sus creencias. Tenían la corazonada de que las muertes inexplicables de los miembros de la tribu estaban relacionadas con una misteriosa entidad que moraba en las profundidades de la cueva. Aunque carecían de certezas concretas acerca de la causa, los ancianos intuían que algún elemento que se respiraba en el interior de la gruta estaba vinculado a las tragedias que afectaban a su tribu. Sin embargo, la naturaleza exacta de esta presencia permanecía enigmática y más allá de su comprensión.

Muchos creían que aquel sombrío destino era un castigo de la madre tierra por querer esquilmar el mineral dorado. Se creía que la avaricia tenía el poder de cegar a los hombres transformándolos en seres viles y corrompidos.

El grupo que logró sobrevivir a la cueva optó por abandonarla y emprender la exploración de nuevos asentamientos en búsqueda de la redención perdida. Antes de abandonar definitivamente la cueva la dejaron marcada con diferentes símbolos para poder advertir a posibles nuevos ocupantes.

La cueva quedó abandonada y oculta hasta que de nuevo fue descubierta mientras se realizaban las tareas de construcción de los túneles que conectaban las montañas Cripple Creek y Colorado Spring.

Algunos años más tarde, durante la construcción de los túneles, un grupo de trabajadores dio con lo que parecía la entrada a alguna gruta. La cueva había quedado de nuevo escondida tras una espesa capa de vegetación, como si la naturaleza no cesara en su empeño de ocultarla.

Entre varios hombres empezaron a despejar la entrada. Las raíces eran muy gruesas y también había algunas rocas que se habían desprendido de las montañas y obstaculizaban la entrada. Cuando pudieron entrar, se percataron que la cueva era más grande de lo que se habían podido imaginar. Ese recinto sería perfecto para poder pernoctar y convertirlo en un campamento base. Dentro de la cámara más grande descubrieron evidencias de que había sido utilizada por alguna tribu indígena.

Cuando iluminaron la estancia con una antorcha, descubrieron símbolos dibujados en las paredes, probablemente relacionados con una tribu Cheroqui o Cheyenne que habría, presumiblemente, ocupado el lugar en el pasado.

Uno de los símbolos les perturbó, porque era el símbolo que representaba a la muerte. A medida que se iban adentrando en la cueva descubrieron el mismo símbolo pintado en las paredes de las otras cámaras. A pesar de la simbología que encontraron en la cueva, decidieron pasar por alto su significado. Simplemente lo atribuyeron a las posibles pérdidas sufridas por los miembros de la tribu a causa de los animales salvajes que, dependiendo de la época del año, podían rondar por allí. Sin embargo, el grupo de trabajadores disponía de armamento suficiente para ahuyentar cualquier bestia que se les acercara. Así que decidieron seguir adelante con la tarea de despejar la cueva y utilizarla mientras durasen las construcciones de los túneles.

Durante los años posteriores se utilizó como almacenaje y pernoctación.

Décadas después, al finalizar los trabajos de la construcción de túneles y puentes que conectaban las dos ciudades, la cueva cayó otra vez en el olvido.

Los trabajadores que la habían usado en el pasado, la mayoría de ellos, habían caído enfermos.

Lo que desconocían en aquel momento, es que habían estado respirando gas radón, un gas muy presente en la zona montañosa de Colorado. El gas, al quedar concentrado en el interior de un habitáculo cerrado sin ventilación y respirarlo durante largas temporadas, podía llegar a ser letal.

Un gas, que, al no tener color ni olor, había pasado desapercibido durante décadas en las cámaras más profundas de la cueva, a la que los indios habían bautizado como “Mal Aire”.

La cueva volvió a quedar oculta. En los registros topográficos aparecía con un símbolo "letal". La cueva quedaría así escondida y olvidada para la humanidad por su efecto nocivo para ésta.

Pero esa cueva ubicada en una zona remota y poco accesible brindaría una excelente oportunidad para esconder un laboratorio clandestino para intereses científicos y tecnológicos.

Lo cierto era que había dejado de ser letal debido al terremoto acontecido a finales del siglo XIX. El terremoto de escala 6,5 había provocado varias brechas en las cámaras más profundas provocando que se generaran canalizaciones de aire exterior con lo que se evitaba que el gas radón quedase atrapado en dichas cámaras. El gas que había provocado las enfermedades primero, de los miembros de la tribu Cheyenne y más tarde de los trabajadores responsables de las excavaciones de los túneles, desaparecería del interior de la cueva, bueno no desaparecería, las brechas generarían corrientes de aire que producirían la renovación de éste, con lo que ya no se concentraría en el interior de los habitáculos de la gruta.

La cueva prometía ser el sitio perfecto para albergar un laboratorio oculto, lejos de extraños y curiosos.

Pero la cueva no sólo era el sitio perfecto debido a su aislamiento, sino que también estaba situado en una ubicación estratégica, pues a pocos kilómetros de allí, en el interior del complejo de Túneles de la Montaña Cheyenne, se albergaba

[19]NORAD, el comando de Defensa Aeroespacial de América del Norte. El sistema de túneles que había sido construido durante la Guerra Fría.

El proyecto BioGénesis tenía la localización perfecta para llevar a cabo su desarrollo.

[19] *Complejo subterráneo diseñado para proteger y mantener el mando y control en caso de ataque nuclear.*

25.

Paciente Cero

"Con mucha diferencia, el mayor peligro de la Inteligencia Artificial es que las personas concluyen demasiado pronto que la entienden."

– Eliezer Yudkowsky, investigador estadounidense de la Inteligencia Artificial y fundador de MIRI.

Finalmente, la ansiada carta del IRB había llegado.

Marc se hallaba en el laboratorio, en compañía de Samantha y de otros colegas del equipo, cuando de repente Michael interrumpió en el laboratorio de manera abrupta. Sus ojos mostraban las incipientes ojeras que últimamente eran habituales en él. En la sala también se encontraba el Dr. Thompson, coordinador del proyecto y junto a él anunció, con emoción, que habían recibido la respuesta del IRB. La noticia fue recibida con un aplauso generalizado y Michael aprovechó el momento para agradecer nuevamente el arduo esfuerzo por parte de todo el equipo. Tras una breve charla con algunos técnicos de laboratorio, Michael abandonó la sala apresuradamente tras recibir una llamada inesperada.

El resultado positivo por parte del IRB marcaba el inicio de los ensayos en humanos. Para todo el personal del proyecto ese anuncio tenía un significado de enormes proporciones.

En los próximos días se concentrarían en los preparativos para la intervención del implante de la Sra. Alice Whitmore, mientras que los demás integrantes del equipo continuarían la monitorización en los ratones del laboratorio.

***

Llegó el día de la intervención. La familia de Alice estaba visiblemente nerviosa por la cirugía y realmente Marc tampoco podía ocultar su tensión. No quería que nada saliera mal.

Samantha, por su parte, había recibido la noticia también con entusiasmo, pero Marc podía observar en ella cierto distanciamiento en su actitud. No podía determinar si era simplemente su propia percepción, pero desde que ella le compartiera sus preocupaciones sobre los sucesos del proyecto, como la extraña nota recibida hacía unos meses o las horas posteriores a su revisión médica de las que no conseguía recordar nada, Samantha mostraba un cierto recelo. Realmente no la podía culpar. Desde, incluso antes que se iniciara el proyecto, Samantha se había enfrentado a un allanamiento en su hogar, la sustracción de material científico, además de otros sobresaltos que había vivido.

Marc tampoco podía olvidar el incidente con los ratones del laboratorio que aún no había compartido con ella. Sabía que era necesario abordar el tema, pero nunca encontraba el momento adecuado o quizás era él el que no buscaba la ocasión oportuna. Ahora que todo el engranaje comenzaba a fluir no quería generar una preocupación innecesaria en torno al proyecto.

Samantha sabía que había estado algo distante. No podía apartar de su mente la nota y los documentos que le habían dejado en su apartamento. Era difícil olvidar los extraños episodios que habían ocurrido en torno al proyecto. A Marc lo veía algo más relajado frente a sus preocupaciones. Ya habían discutido sobre el tema con anterioridad y no tenía intención de continuar debatiendo sobre ello, al menos por el momento, pues no tenía más pruebas adicionales sólidas. Quizás todo podía tratarse de una estrategia de la competencia para desviar la atención sobre el proyecto, tal como había insinuado Marc.

La cuestión era complicada, incluso más de lo que le gustaría enfrentarse en esos momentos, pues en los últimos días no estaba gozando de buena salud. Su malestar había aumentado últimamente y estaba considerando la posibilidad de consultar con el médico. Sin embargo, lo más probable es que sus molestias fueran el resultado del estrés de todo lo que estaba viviendo.

Pese a todo, Samantha, aunque estaba preocupada por todos los acontecimientos, no podía ocultar, al igual que Marc, su emoción por disponer del primer paciente de prueba para el implante.

***

La Sra. Whitmore, la paciente que había estado luchando contra la enfermedad de Alzheimer durante años, tenía a su familia desesperada por encontrar una solución.

Marc, Samantha y parte del equipo de BioBrain Dynamics se habían desplazado hasta el Hospital para la realización de la operación.

Había llegado el ansiado momento esperado por todos.

El quirófano estaba listo para llevar a cabo la intervención. La sala estaba llena de equipo médico y monitores. Alice estaba tumbada en la camilla junto a su hija Claire. Marc les explicó en detalle el procedimiento mientras le administraban la anestesia a la Sra. Whitmore. A medida que la somnolencia la envolvía, la mano con la que apretaba a su hija se iba aflojando.

Una vez que la Sra. Alice Whitmore estuvo completamente dormida invitaron a Claire a abandonar la habitación y esperar en la sala.

Marc, después de iniciar todos los preparativos comenzó la incisión en el cuero cabelludo de Alice. Cada movimiento estaba estudiado sesudamente. La zona se preparó para permitir el acceso al cerebro sin comprometer su integridad. Utilizando las imágenes de 3D generadas por las resonancias magnéticas, Marc localizó el área donde implantaría el dispositivo. El dispositivo de última generación, creado por BioBrain Dynamics, era más pequeño que una moneda de céntimo, lo que facilitaba su implantación.

Su cobertura estaba construida de materiales biocompatibles y seguros para el cuerpo humano con lo cual se minimizaba cualquier riesgo de rechazo. La parte central interior del dispositivo disponía de la red de electrodos y circuitería microscópica diseñados para interactuar con las neuronas y transmitir señales eléctricas con precisión. Los electrodos se colocarían en las regiones responsables de la memoria y la cognición.

La estimulación eléctrica contrarrestaría los patrones disfuncionales de actividad neuronal.

ADA monitorizaría en todo momento el estado del implante.

ADA podría emplear técnicas de aprendizaje automático para mejorar constantemente su compresión del estado de la paciente. A medida que recopilase datos, sería capaz de tener estrategias más depuradas y precisas. Incluso podría detectar patrones y tendencia de la paciente para anticipar posibles cambios en su estado de salud. El implante debería ser ajustado en intensidad y frecuencia de acuerdo con la respuesta del paciente. El dispositivo se controlaría y programaría a través de ADA. También establecería la comunicación en tiempo real y realizaría un seguimiento remoto de la función del implante.

Habían sido cinco largas horas de intervención. Marc y el equipo habían acabado la operación y respiraban aliviados al visualizar los monitores que mostraban que la paciente se encontraba estable.

Por suerte, para Samantha, sólo había sido necesaria su ayuda en las dos últimas horas.

Ese día estaba con el estómago revuelto y no quería salir corriendo del quirófano a medía intervención.

Con el portátil abierto pudo verificar la conexión con el implante. El constante tecleo llenaba la habitación, mientras el resto del personal médico liberaba la estancia.

ADA mostró un mapeo detallado del cerebro de Alice a través de una imagen holográfica que se proyectó en la habitación. Una imagen tridimensional con la que podía ir interactuando.

En la imagen etérea, superpuesta en el campo visual, se podían visualizar gráficos ondulantes representando las fluctuaciones eléctricas y químicas que marcaban la actividad neuronal. ADA ya estaba en situación de detectar patrones e incluso prever posibles problemas.

Mientras Samantha acariciaba la imagen etérea hasta el área del hipocampo, un destello iluminó más intensamente una zona concreta del cerebro. En ese instante, ADA alertó de una anomalía en la región. Samantha, a través de los movimientos de sus manos amplió la imagen donde ADA había detectado el problema.

Marc se acercó a Samantha al ver su semblante preocupado.

Samantha accedió a los archivos de referencia y comenzó a ajustar los niveles de estimulación en esa área permitiendo que ADA supervisara los cambios. Gradualmente, la actividad anómala comenzó a ceder y los patrones atípicos dieron paso a oscilaciones más regulares y armoniosas. La alerta sonora y visual cesó.

Era consciente de que se necesitarían más ajustes por eso era muy importante la monitorización de la paciente. Después de completar los parámetros, Samantha se tomó un momento para observar la pantalla junto a Marc. Los monitores mostraban la actividad cerebral finalmente restaurada.

Ahora ya podían conducir a Alice a la sala de recuperación, donde permanecería mientras se reponía de la anestesia. Más tarde sería trasladada a una habitación donde estaría monitorizada por el personal médico.

La integración de los modelos de aprendizaje era un verdadero desafío, ya que implicaba costos computacionales significativos en los implantes, especialmente considerando que el procesamiento debía ejecutarse localmente en los mismos. Esto proporcionaba más estabilidad, ya que en situaciones específicas en la que no se pudiera acceder a la "nube de datos", como el caso de viajar en un avión o estar dentro de un ascensor, se perdería la conectividad. En los otros casos, la circuitería del implante incluía tecnología inalámbrica que permitía la conexión constante y el monitoreo en todo momento.

Tras los ajustes, las señales se estabilizaron y un leve suspiro se escapó de sus labios, aunque realmente el corazón de Samantha todavía palpitaba a mil por hora.

Samantha y Marc se felicitaron y se abrazaron. A Samantha aún le temblaban las manos. Marc estaba eufórico porque todo había salido como lo había planificado, a pesar de la pequeña anomalía detectada antes de realizar los ajustes.

Una vez verificada la conexión, los auxiliares ayudaron a poner a Alice en la camilla para ser conducida a la sala de recuperación

26.

El Despertar

"Lo que todos tenemos que hacer es asegurarnos de que estamos usando la IA de una manera que sea en beneficio de la humanidad, no en detrimento de la humanidad."

-Tim Cook, CEO de Apple.

La habitación estaba llena de equipo médico y monitores.

La Sra. Alice Whitmore se había despertado hacía una hora con bastante apetito y sed. Tenía en la cabeza un vendaje cubriendo la herida.

Se encontraba algo desorientada tras la intervención, pero por lo demás, sus constantes eran normales. Su hija y su nieta habían estado esperando ansiosamente la finalización de la operación.

Con anterioridad, Marc les había informado que la cirugía había sido todo un éxito. No obstante, les advirtió que no la abrumaran demasiado, ya que al día siguiente le realizarían unas breves pruebas y necesitaban que estuviera descansada.

Las dos asintieron y entraron en la habitación.

Allison corrió para darle un fuerte abrazo a su abuela. Claire avanzaba lentamente hacia Alice para no alterarla, quien descansaba recostada en la cama de su habitación del Hospital.

La Sra. Whitmore, tras un momento de dubitación, las identificó a las dos y se alegró mucho de tenerlas allí. Estuvieron hablando de cosas mundanas durante una hora para no perturbarla y tras ese tiempo tuvieron que abandonar la habitación para dejar a la Sra. Whitmore reposar.

Al salir, fueron a hablar con el Dr. Craig para saber a qué hora deberían volver al día siguiente. Marc les comentó que en los próximos días podrían venir una hora por la mañana y otra por la tarde. Claire y Allison acordaron que Claire vendría por la tarde, después del trabajo y Allison visitaría a su abuela por la mañana, antes de las clases en la universidad.

***

Durante las primeras semanas de tratamiento, Alice comenzaba a recordar cosas que para ella habían quedado en el olvido y mostraba una mejora considerable en su capacidad cognitiva.

Samantha y Marc estaban emocionados por el éxito del proyecto y trabajaban arduamente para mejorarlo aún más.

Realmente ellos estaban sorprendidos por los resultados que habían visto en la paciente. ADA había sido capaz de detectar y responder a las necesidades de la Sra. Whitmore de una manera que ninguna medicación había podido hacer antes.

Allison visitaba a su abuela cada mañana tras la operación. Hablaba con ella haciendo preguntas simples y recordándole los nombres de sus seres queridos. Alice disfrutaba de la conversación con su nieta y respondía con entusiasmo.

Marc cada mañana realizaba pruebas cognitivas a Alice para generar nuevos registros. Ya se había convertido en una rutina en las últimas semanas.

Una de esas pruebas consistía en que Alice memorizase una lista de palabras, las cuales algo más tarde le pediría recordar, añadiendo alguna distracción en el proceso para evaluar cuántas palabras era capaz de retener. La mujer parecía estar mejorando, recordando cosas que antes no podía y respondiendo a preguntas con más claridad.

Alice recordaba eventos y detalles que habían desaparecido hacía mucho tiempo y su familia se sentía muy emocionada con el progreso. Disfrutaba realizando las pruebas y sentía que ocupar su tiempo en el Hospital era gratificante. Incluso encontraba divertidos los retos que lograba resolver, algo que hacía unos meses hubiera sido imposible.

—Dr. Craig, disfruto mucho con estas pruebas. Me mantienen ocupada, pero sin embargo no podría decir cómo funciona el cacharro este (señalando la cabeza), o si está encendido o apagado porque no noto ni siento nada extraño —dijo la Sra. Alice Whitmore algo confusa, pero feliz de notarse más viva.

—No se preocupe, Sra. Whitmore. De eso se trata, de que sea un proceso que no sea consciente que lo tiene.

Samantha y Marc estaban encantados con el éxito del proyecto, casi habían olvidado los altercados ocurridos en las últimas semanas.

***

Claudia, tras su turno, se encontraba en el Hospital tomando un café con el detective Maxwell. Maxwell parecía que tenía noticias de los cuerpos que habían encontrado hacía unas semanas en el puerto.

—Parece que, según el comunicado internacional sobre personas desaparecidas, podrían tratarse de individuos que intentaban llegar a Europa y perdieron la vida en el proceso. —comentó el detective Maxwell a Claudia Craig.

—Y, ¿cómo llegaron hasta aquí los cuerpos? —preguntó Claudia.

—Es posible que se trate de una organización de tráfico de órganos, podían estar varias mafias internacionales involucradas. Estamos siguiendo los pasos a algunas de ellas, pero por el momento no se han hecho detenciones. Estas organizaciones tienen los tentáculos muy largos y hay que ser muy precavidos con todos los pasos —dijo en tono más bajo.

—Realmente hay gente que no tiene escrúpulos. Es muy triste, pero a veces pienso que el mundo se va al traste. Supongo que como en mi profesión veo la parte opuesta a la vida, me doy cuenta de que la gente la valora poco —dijo Claudia visiblemente apesadumbrada.

—En mi profesión intentamos que las cosas cambien e ir a por los "malos", aunque no te voy a mentir en todos los campos he visto corrupción, gente que se vende por un puñado de billetes, así que a veces más que triste, es desesperante. Desde luego que no hemos elegido las profesiones más felices del mundo, pero lo que está claro es que tú y yo somos dos profesionales muy entregados.

—Míranos, aquí estamos los dos, después de una noche de labor intensa y seguimos hablando de trabajo —comentó con una risa Claudia y los dos se pusieron a reír.

—Cierto, no tenemos remedio.

27.

Frank

"Nadie lo dice de esta manera, pero creo que la inteligencia artificial es casi una disciplina de humanidades. Es realmente un intento de entender la inteligencia y la cognición humanas."

- Sebastian Thrun, informático teórico. Profesor de Inteligencia artificial en la Universidad de Stanford.

Barcelona, 25 de septiembre de 2024

Mientras tanto, Frank Comas Ferrer se encontraba en su despacho concentrado en sus tareas. Después de semanas de intenso trabajo logístico, finalmente disponía de tiempo para dedicar a las tareas de gestión. Tendría la disponibilidad para organizar el estado de los proyectos de investigación. A pesar de que había dejado de involucrarse directamente en las investigaciones, desde hacía ya un tiempo, continuaba supervisando varios proyectos al año, algunos de los cuales eran tesis de doctorandos. Además, tenía la responsabilidad de gestionar los fondos asignados a los proyectos. En este sentido, el dinero que había ingresado en las últimas semanas, por la gestión y envío de material orgánico a Boston, había resultado invaluable para impulsar significativamente el campo de investigación.

A pesar de su meticulosa y detallada naturaleza, aún persistía una inquietud en él en relación con ese asunto.

Después de completar todas las verificaciones necesarias en el material recibido y asegurarse de que se cumplían todos los protocolos establecidos, le seguía invadiendo un presentimiento de que algo podría no estar en orden.

Dado que no podía apartar de su cabeza esas dudas que lo invadían, decidió que realizaría unas comprobaciones adicionales. Así que se puso a investigar por su cuenta.

Los envíos se dirigían a Boston, donde se encontraba uno de los centros más punteros en ciencia y tecnología. No obstante, lo curioso era que la dirección de destino, verificando por internet, no apuntaba directamente allí, sino a una instalación de logística de material alimentario.

En el etiquetado de los paquetes constaba "Centro Tecnológico", por eso, en un primer momento pensó que se refería al centro que había en Massachussets, pero comprobando la dirección en *Google maps* vio que el resultado señalaba a una planta de logística.

Puesto que todo esto le inquietaba y no lo podía apartar de su mente, decidió que sería prudente realizar algunas llamadas adicionales bajo el pretexto de verificar la correcta recepción del envío. A esa hora ya había amanecido en Boston por lo que podía llamar y lo más seguro es que estuvieran trabajando en las dependencias del centro de logística.

—Buenos días, soy Francesc Comas Ferrer, llamo del Centro de Ciencia e Investigación de Barcelona. Hace dos días recibisteis material orgánico y era para confirmar que todo estuviera en orden —preguntó Frank.

—Deme los datos y verifico —contestó una voz masculina al otro lado del Atlántico.

Frank pasó detalladamente los datos requeridos.

—Buenos días, Sr. Comas, todo llegó correctamente. Pero no éramos el destino final. Recogimos la mercancía y llenamos los camiones refrigerados en dirección al aeropuerto donde continuaría rumbo a Colorado —contestó, esta vez, una voz femenina.

¿A Colorado? —pensó Frank, no le constaba que hubiera un centro de investigación allí.

—Disculpe, ¿podría darme más datos?, ¿sabría indicarme el destino de la mercancía? Es para el seguimiento de nuestros envíos —preguntó Frank, en un intento de obtener más información del destino de todo ese material.

—Me gustaría ayudarle más, pero una vez que llegó a Colorado, allí esperaba personal de la empresa encargada de llevar la mercancía por tierra. No puedo proporcionar más detalles, pues nuestro cometido era garantizar que los paquetes llegaran al aeropuerto y una vez allí serían recibidos por el personal especializado en el transporte de este tipo de mercancía.

—Otra última pregunta, ¿conoce a la Dra. Delilah? —Frank sabía que, tratándose de un centro de logística, las probabilidades de que la conociesen eran escasas. No obstante, su intención era obtener información sobre cualquier dato que pudieran tener de ella.

—Sí, la Dra. Delilah se comunicó con nosotros por teléfono y nos envió toda la información detallada por escrito.

—¿La conoció en persona? —preguntó Frank entusiasmado por saber más.

—No, vinieron al centro dos personas de su equipo para inspeccionar el proceso, el mismo día del transporte al aeropuerto. Lo único que sé es que, al aterrizar el avión, también había personal de la doctora esperando para cargar el camión que los aguardaba en Denver. Frank agradeció la información y colgó. La conversación sobre el paradero de la mercancía no le había tranquilizado como cabría haber esperado. Contrariamente a lo que había pensado, la mercancía no se encontraba en Boston como pensaba, sino en Denver, Colorado. Y, por otro lado, estaba también la misteriosa doctora que había hecho las gestiones.

28.

Alicia en el País de las Maravillas

"Estoy cada vez más inclinado a pensar que debería haber cierta supervisión regulatoria, tal vez a nivel nacional e internacional, solo para asegurarnos de que no hagamos algo muy tonto. Quiero decir, con inteligencia artificial estamos invocando al demonio."

- E. Musk, CEO Space X

Alice se había quedado dormida leyendo su novela favorita
"Alicia en el País de las Maravillas". Le encantaba esa historia. La protagonista, Alicia, va persiguiendo un conejo y en el trayecto se encontraba con los personajes más curiosos y extravagantes. Lo había leído varias veces porque le apasionaba lo surrealista de la novela. A veces ella, Alice, quería ser la Alicia del cuento. Todo parecía tan mágico y fascinante, aunque a veces la novela le generaba cierto vértigo debido a las

transformaciones del personaje, que pasaba de ser alguien diminuto a convertirse en una giganta.

Se levantó de la cama, dejó el libro en la mesita de noche y bajó a desayunar. En la cocina estaban esperándola sus abuelos, que esa mañana habían preparado unas deliciosas tortitas con sirope.

—Buenos días, abuelos —dijo Alice, aun desperezándose.

—Buenos días, ricitos —le respondieron los abuelos.

—¿Cómo dormiste?

—De maravilla —contestó Alice estirando los brazos como si quisiera tocar los lados de las paredes.

Algunos viernes sus padres solían ir a cenar y dejaban a Alice a dormir con los abuelos maternos. Sus abuelos vivían en las afueras de la ciudad. Allí reinaba la total tranquilidad y además se encontraban rodeados de naturaleza y mascotas, un perro mastín llamado Rex, que siempre la acompañaba junto con pequeña tortuga, Iris. Después de desayunar, salió al campo con Rex a corretear un poco y perseguir mariposas. La pradera que rodeaba la casa era una llanura verde, llena de margaritas. Allí fuera podía percibir el aroma de las flores que envolvían el manto verde del campo. Se sentía tan bien.

***

—Abuela, abuela, ¿estás bien? —preguntaba inquieta Allison.

Allison, la nieta de Alice, venía a visitar cada mañana a su abuela desde la operación.

29.

Alucinación

"Simular el comportamiento de 100 mil millones de neuronas del cerebro humano no es factible por computadora clásica, pero el aprendizaje automático cuántico promete cumplir ese requisito."

-Amit Ray, pionero en proponer inteligencia artificial compasiva.

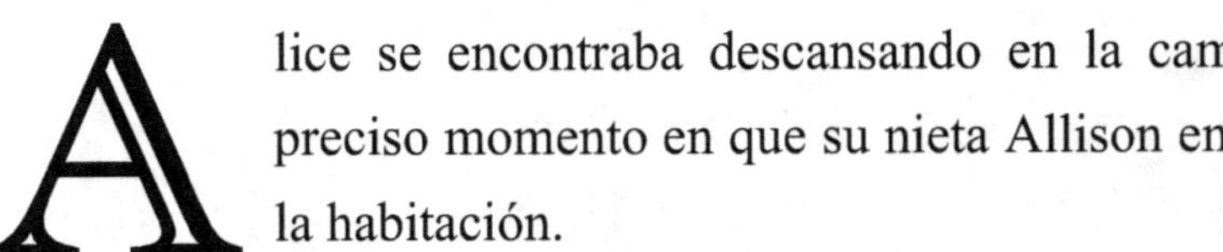

Alice se encontraba descansando en la cama en el preciso momento en que su nieta Allison entraba en la habitación.

—Abuela, abuela, ¿te encuentras bien? Creo que estabas hablando en sueños —comentó Allison, mientras le daba un beso en la frente.

—Pues la verdad, mi pequeña Allison, mejor que bien. Me siento joven, puedo recordar no sólo lo que hice ayer, sino también mi infancia, tan nítida como si la estuviera viviendo por segunda vez —contestó Alice con el rostro iluminado de felicidad.

—¡Que buenas noticias, abuela! —contestó muy ilusionada Allison al ver a su abuela de "vuelta".

—Precisamente estaba recordando cuando yo era pequeña y vivíamos en la Toscana. Aquel campo verde precioso en el que solía ir a pasear con el perro de mis abuelos, Rex, un mastín cariñoso y de mucha vitalidad —explicaba Alice a su nieta, mientras sus ojos radiaban entusiasmo y felicidad.

—¡Qué bien que puedas recordad todo eso!, pero ¿no sabía que mis bisabuelos eran italianos? No tenía ni idea. ¡Qué maravilla saber eso y que tú que puedas recordarlos! —dijo feliz Allison.

En ese instante Allison recibió una llamada de Claire, su madre.

—¿Qué tal, hija? ¿Cómo está la abuela? —preguntó Claire en tono preocupado.

—Mamá, la abuela está estupendamente. No solo se acuerda de mí perfectamente, sino que también parece tener recuerdos muy vívidos de su infancia. Por cierto, yo no sabía que los padres de la abuela eran italianos. ¡Eso significa que soy un poco italiana!, ¡vaya sorpresa! —exclamó Allison, emocionada.

—¿Cómo? Mis abuelos no eran italianos y la abuela, yo diría que nunca ha estado en Italia, vaya, que yo tenga conocimiento. No puede ser que recuerde algo que nunca ha sido real —dijo preocupada.

—Bueno, no lo sé. Lo que me contaba parecía tan real —respondió Allison, algo desilusionada.

—Esta tarde hablaré con el Dr. Craig, a ver qué opina al respecto.

Claire, en el momento que colgó el teléfono se dio cuenta que la reunión que tenía convocada para esa misma tarde dificultaría su asistencia al hospital, así que decidió llamar a Dr. Marc Craig de inmediato.

Marc estaba en la oficina cuando recibió el avisó de su secretaria.

—Dr. Craig, ¿le puedo pasar una llamada de Claire Wilson, la hija de la Sra. Alice Whitmore? —preguntó la secretaria de Marc.

—Sí, por supuesto —respondió Marc.

—Buenos días, Dr. Craig, soy Claire. He estado hablando con mi hija sobre el estado de mi madre y me ha comentado algo que me ha inquietado. Me dijo que la abuela le había dicho que ella había vivido en la Toscana italiana y que sus padres eran de allí. Dr. Craig le puedo asegurar que no tenemos familia en esa zona y mi madre no ha crecido allí —dijo preocupada.

—Quizás haya sido algún sueño y esta mañana haya estado algo confundida al despertar y entablar conversación con su hija Allison —dijo el Dr. Craig para quitar importancia—. Estoy mirando los informes de su madre, la Sra. Whitmore. Parece todo estar perfecto y evoluciona de la forma esperada. Démosle algo de tiempo y veamos cómo progresa. Y no se preocupe que indagaré más sobre este tema en concreto —respondió el Dr. Craig intentado aparentar tranquilidad, pues sospechaba que podría haber algún problema con el funcionamiento del implante.

Marc colgó el teléfono y se quedó pensativo. Volvió a descolgar para, esta vez hablar con Samantha.

—Samantha, soy Marc. ¿Puedo hablar contigo? Quiero comentarte un tema —preguntó Marc algo inquieto.

—Hola, Marc. Sí, por supuesto. Ahora mismo estoy entrando al Hospital. Podemos vernos en tu despacho en cuanto llegue —dijo Samantha antes de finalizar la llamada, ya que se disponía a entrar en el ascensor.

Minutos después, la puerta del despacho de Marc se abrió y se asomó Samantha tras ella. Se saludaron y Samantha se sentó junto a él en la mesa de su despacho.

—¿Qué tal Samantha?, tienes muy buen aspecto —dijo Marc.

—La verdad es que esta noche dormí como un lirón y eso se debe notar en mi apariencia —contestó con una leve risa y añadió. —Cuéntame Marc. Te noté preocupado en la llamada —dijo impaciente Samantha.

—Te llamé porque acabo de hablar con Claire, la hija de la Sra. Whitmore. Me dijo, bastante intranquila, que su madre parecía estar teniendo recuerdos que no se correspondían con la realidad. Es decir, estaba recordando cosas que parece ser nunca sucedieron —dijo Marc.

—¿Has hablado con la paciente? —preguntó Samantha.

—Aún no. Quería hablar contigo primero —dijo Marc.

—Vayamos primero a verla para hacer el seguimiento —dijo Samantha levantándose del asiento.

—De acuerdo —dijo Marc siguiéndola hasta la habitación donde estaba Alice.

—¿Alguna idea de lo que pudo haber pasado? —preguntó Marc por el pasillo mientras se dirigían a la habitación.

—Por lo que me comentas podría tratarse de una alucinación, pero no una alucinación de un contexto literal médico. Ahora te cuento, o quizás no sea más que un sueño o alguna confusión en sus pensamientos —contestó Samantha picando en la habitación de Alice.

—Adelante —respondió una voz dulce, a la vez que entraban en la habitación Samantha y Marc.

—Buenas tardes, Sra. Whitmore. ¿Cómo se encuentra hoy? —preguntó Marc a la vez que le presentaba a Samantha.

—Ella es la Dra. Samantha Li, la científica que ha hecho posible que los implantes funcionen con inteligencia artificial.

—Se nota que tiene una mente brillante, querida. Le estoy inmensamente agradecida por hacer que me sienta rejuvenecida y por ayudarme a traer de vuelta mis recuerdos. De cierta manera, ha sido como recuperar una parte de mí que pensé perdida para siempre. Bueno, mejor dicho, dejé de ser consciente de que había perdido esa parte de mi propio yo —dijo muy reflexiva Alice.

—Le agradezco mucho su gratitud, pero la verdad que yo formo parte de un gran equipo que ha hecho realidad este proyecto—contestó Samantha sonrojada—. Me gustaría hacerle unas pruebas. No le robaremos mucho tiempo —comentó aún algo ruborizada por el halago inesperado.

—Mi querida, no se preocupe. Aunque el tiempo es lo más preciado para mí, a mi edad, quiero que sepa que lo pongo a su disposición y al servicio de la ciencia. Sentirme útil es un regalo y a pesar de todo, estoy aquí para ustedes y para el avance del conocimiento —contestó Alice.

—Es muy amable Sra. Whitmore. Si no le importa, ahora procederemos a hacerle unas preguntas —comentó Samantha.

—¿Qué recuerda de su niñez, Sra. Whitmore?

—Precisamente, hace un rato estuve hablando con mi nieta sobre unos recuerdos de mi infancia. De la casa de mis abuelos en la Toscana y de su perro Rex, el perro más fiel que he conocido —contestó con una sonrisa.

—¿Está segura de que la localización es correcta?, ¿podría tratarse de algún sueño o de algún otro lugar? —preguntó Marc.

—Bueno, no sabría decirles, quizás soñé algo relacionado, pero tuviera o no un sueño de mi niñez, recuerdo perfectamente lo que le conté a mi nieta.

—¿Cómo se sintió esta mañana? —preguntó Samantha, tomando notas.

—La verdad doctora, estupendamente. Me siento especialmente bien, con ganas de ir ya a mi casa y estar con mi familia —contestó Alice con el rostro iluminado.

—Lo entiendo Sra. Whitmore, por el momento estará algo más con nosotros, pero no se preocupe que se encuentra en las mejores manos —comentó el Dr. Craig.

—Muchas gracias doctor, todo el personal me trata como una reina —dijo sonriendo Alice.

Marc y Samantha se despidieron de la anciana y fueron al despacho de Marc.

Ya en el despacho de Marc, Samantha pidió a ADA que le mostrara los registros de Alice.

—Marc, ¿a qué hora entró Allison en la habitación de Alice? —preguntó Samantha.

—Según los registros entró hacia las 9:05h —respondió Marc después de consultar con su ordenador.

ADA proyectó una imagen holográfica con las ondas cerebrales de Alice.

—El rango de oscilación de las ondas cerebrales muestran un sueño ligero, por lo que cuando la visitó su nieta, aún estaba durmiendo. Lo más probable es que Allison la encontrara soñando y eso llevara a confusión a Alice —comentó Marc.

—Pero ya has visto que la Sra. Whitmore ha insistido con que, lo soñara o no, lo recordaba perfectamente como una vivencia propia y eso es lo que me preocupa —dijo Samantha.

—Hay ocasiones en que se ha estudiado la posibilidad de que, cuando la IA no tiene una respuesta, el sistema arroja información coherente, pero que no corresponde con datos correctos, a eso se le llama alucinación —comenta Samantha

—Entonces, ¿se lo ha inventado? —preguntó confuso Marc.

—ADA ayuda a identificar patrones en los datos neuronales para comprender cómo se almacenan los recuerdos y así poder recuperarlos. Mediante algoritmos se reconstruyen los recuerdos a partir de patrones cerebrales —prosigue Samantha—. En la etapa inicial del desarrollo de ADA se utilizó un aprendizaje supervisado. ¿Recuerdas los modelos de datos médicos y registros neurológicos utilizados, junto con diagnósticos y tratamientos del Alzheimer, ¿verdad? ADA fue aprendiendo a reconocer patrones que indicaban la progresión de la enfermedad. Además, ADA se puede adaptar a los cambios en la condición de cada paciente y proporcionar recomendaciones más precisas —prosiguió Samantha—. Pero, a su vez, ADA se basa en un aprendizaje no supervisado, es algo así como, aprende a aprender. —Con un sistema supervisado, ADA se fundamenta en modelos donde todo está etiquetado, pero también está preparada para aprender con datos no previamente etiquetados, esto nos ayuda con un aprendizaje reforzado para la adaptación al paciente —continua Samantha con la explicación—. Nuestra IA se nutre de redes neuronales y modelos cognitivos que imitan el funcionamiento del cerebro humano. En este caso concreto, podría ser que estuviera simulando algún recuerdo para compensar alguna deficiencia en su sistema. Toda esta explicación es para decirte que es posible que ADA haya sacado sus conclusiones, pero no basadas en datos reales —concluyó Samantha.

—¿Cómo podemos averiguar qué ha sucedido? —preguntó algo confundido Marc.

—Puedo realizar un algoritmo de retro propagación para identificar sesgos en la red neuronal que se hayan producido durante el entrenamiento, sin embargo, este método es aplicable únicamente a la parte supervisada del modelo. Esta tarde ejecutaré el algoritmo, pero debemos tener en cuenta que tomará un tiempo considerable observar y analizar los resultados —explicó Samantha.

—La verdad es que me fascina este tema. Yo me dedico al estudio del cerebro humano y tú te dedicas al estudio del cerebro digital —se maravillaba Marc siempre con las explicaciones de Samantha, pero en el fondo intuía que algo no andaba bien.

—Pues sí, siguiendo con esta analogía, nuestra ADA es un sistema *Deep Learning,* que está formado de varios modelos de redes neuronales. De hecho, si nos remontamos a los inicios de los sistemas de aprendizaje, los perceptrones son un concepto que precede a la inteligencia artificial e inspirado directamente en el funcionamiento del sistema biológico de neuronas y dendritas. Estos modelos simulan el funcionamiento de neuronas y sus conexiones. Por lo tanto, tu observación no podía ser más acertada —explicó Samantha mientras los dos sonreían como solo dos científicos entregados a sus respectivas profesiones podían hacer.

Samantha aún tenía trabajo que hacer para averiguar qué había pasado, así que se despidieron.

Marc se quedó en el Hospital para hacer el control de sus otros pacientes. Más tarde tenía previsto ir al laboratorio, quería monitorizar el comportamiento de Adán. Aún no se le había ido de la cabeza la conducta anómala que había tenido el roedor con el otro ratón de laboratorio, y quizás estos últimos sucesos estuvieran conectados

Samantha no tardó en llegar a casa. Abrió el portátil y se dispuso a ejecutar el algoritmo de retro propagación. Sabía que eso le llevaría bastante tiempo. Se puso a teclear en el ordenador.

Estaba segura de que el comportamiento imprevisible estaba relacionado con un aumento de la capacidad de procesamiento y de la eficiencia en el análisis computacional y aunque esto llevaría a procesar los implantes de forma más precisa y efectiva, sabía que podría generar un efecto colateral: controlar a ADA.

ADA sólo debería acceder a los implantes cuando fuera estrictamente necesario monitorear los implantes.

Tenían que aislar todo el proyecto. Eso le recordaba que tenía que investigar las líneas de los registros de datos que había grabado el día que detectó un fallo en el monitoreo de datos de ADA. Mañana a primera hora reuniría al equipo y se pondrían a trabajar en ello. Hablaría con Christine y Eduard, sus ingenieros de software de confianza, para generar un plan de contingencia. Mientras, Samantha accedió a la nube donde tenía los archivos de datos. En el listado de archivos volvió a ver un fichero de varias *teras* de datos que desapareció ante sus ojos.

Al realizarse copias de seguridad espejo, duplicando todos los datos y archivos hacia una ubicación de almacenamiento secundaria, sabía que podría recuperar el fichero desde allí. Samantha volvió a teclear la línea de comandos, esta vez para acceder a una unidad virtual. Se abrió una ventana con los archivos de los últimos días, clasificados por bloques. No recordaba bien el nombre del archivo así que se puso a listar por orden alfabético y por tamaño, descartando los que tenían relación con los proyectos. Después de unos minutos revisando la extensa lista, finalmente pudo identificar el fichero en cuestión. Lo abrió con un fichero de texto plano porque no estaba segura de lo que contenía y no tenía extensión para identificar el contenido de este.

¡Debía contactar con Marc! Esos datos eran anómalos y el archivo no había sido generado por el proyecto. Ahora debía de esperar a los resultados del proceso de retro propagación. Los datos resultantes podrían confirmar sus peores sospechas.

30.

Jake Harris

"Cualquiera que piense que las inteligencias de las máquinas no tienen emociones tiene que estar en esta habitación muy incómoda en este momento."

-Martha Wells, escritora americana de ficción.

El camino se dibujaba serpenteante, a través de las sinuosas y majestuosas Montañas Rocosas de Colorado. Era una tarde fría y nublada, con un cielo oscuro que parecía presagiar un cambio en el pronóstico del tiempo. Jake Harris había salido del Hospital donde trabajaba como forense y se dirigía hacia el estado de Colorado. Se desplazaba a las coordenadas que hacía unos meses había recibido en un misterioso correo. Una enigmática investigadora se había puesto en contacto con él para ofrecerle un trabajo adicional, por el cual obtendría una generosa compensación. La ubicación, a la que las coordenadas señalaban, resultó ser la de un laboratorio secreto.

Desde que recibiera el misterioso correo electrónico, ya había estado en el lugar en varias ocasiones. La misión era muy atractiva y conseguir algo así por otros medios habría sido prácticamente imposible. Aunque siempre se había dedicado a la medicina forense, contaba con un máster en biotecnología y sentía una fuerte atracción en este campo. Sabía que las oportunidades para optar a un trabajo relacionado en ese ámbito eran muy escasas.

No tenía muy claro como esa misteriosa persona había podido localizarle y ofrecerle trabajar con organoides, una especialidad muy pionera de la que poco se conocía. Sin embargo, no descubrió este último detalle hasta que, por primera vez llegó al laboratorio secreto.

En el primer email de contacto, recibió las coordenadas y se le informó de que, si aceptaba en las siguientes dos horas, recibiría de inmediato un adelanto que consistía en una cuantiosa suma de dinero. Jake, a pesar de no tener mucha información al respecto, pero movido por la curiosidad de tan secreto y misterioso mensaje y sobre todo por la cuantía que iba a percibir, decidió que aceptaría tan extraña proposición. Con la aceptación de la oferta debería ceñirse a unas estrictas condiciones; nadie debería estar al tanto de lo que hacía en el laboratorio y no podía compartir con nadie, ni con compañeros del trabajo ni con familia las funciones que desempeñaría. Eso sería realmente fácil, su carácter huraño facilitaba mucho el poder ocultar esa nueva faceta de investigador clandestina. El entendía de tejidos y medicina forense y no de relaciones sociales.

En cada ocasión que se requiriera su trabajo en el laboratorio, recibiría una notificación junto a su contraseña de acceso. Una vez en el laboratorio, le esperarían más instrucciones. Nunca coincidiría con nadie más allí.

Lo que le inquietaba era que la suspicaz Dra. Claudia Craig pudiera sospechar algo, pues no dejaba pasar por alto ningún detalle. Su compañera de trabajo a veces era algo entrometida. Por otro lado, Claudia mantenía una gran amistad con el detective Maxwell MacClane, así que tenía que evitar conflictos y evitar levantar sospechas en el trabajo. Esto a veces le resultaba complicado, ya que Jake era algo temperamental y no se le daban bien las relaciones interpersonales.

Jake estaba concentrado en la carretera mientras su vehículo de grandes dimensiones se adentraba, cada vez más, en el remoto paisaje montañoso. Pronto el GPS señaló que había llegado a su destino. Allí aparcó su vehículo de la marca GSM y tal como se le había indicado en el email recibido, debía esperar fuera del coche con los ojos vendados hasta que llegaran los individuos que lo conducirían a la entrada del laboratorio. Se mantuvo a la espera, de pie junto al vehículo y con los ojos tapados, esperando que no se pusiera a llover, ya que no le gustaba mojarse. Afortunadamente para él, pocos minutos más tarde, llegaron dos personas presumiblemente bastante corpulentas, que sin mediar palabra lo agarraron cada uno de un brazo. Antes de eso le pidieron todos los dispositivos electrónicos para evitar que pudiera indagar sobre la ubicación del laboratorio. Jake hizo entrega del portátil y de su móvil. De todas formas, los dos individuos lo cachearon en búsqueda de cualquier otro dispositivo escondido. Ese procedimiento se había convertido en el ritual habitual cada ocasión que acudía al laboratorio.

Jake era bastante alto y estaba en buena forma física con lo que intuía que quienes lo conducían, casi en volandas, por el agreste paraje, debían ser incluso más fuertes que él. Era complicado manejarse por la montaña con los ojos tapados. Había momentos en los que necesitaba escalar ciertas partes y aunque no era la primera vez que lo hacía, en esas circunstancias nunca se acostumbraba. Lo que se preguntaba siempre era, cómo habría llegado toda la maquinaria necesaria hasta un lugar que sospechaba, era bastante inaccesible.

Durante aproximadamente más de treinta minutos Jake fue llevado, en completo silencio, por los dos fuertes individuos hasta llegar al destino. Allí lo dejaron delante de la entrada a la cueva. Sabía que no podía sacarse la venda de los ojos hasta que hubiera contado hasta cincuenta. Entendía que contar hasta cincuenta era una absoluta tontería, pero también intuía que, con individuos como aquellos, desafiar al destino no era una opción sensata. Una vez transcurrido ese tiempo se podía retirar la venda de los ojos. En ese lugar, justo frente a la entrada de la cueva debía desplazar una densa capa de maleza que actuaba como tapa, cubriendo la entrada y ocultándola aún más, si eso era posible. Tras la puerta de maleza apareció una puerta de acero en la que debía insertar un código. Después de marcar el código y someterse a un escaneo biológico, la puerta de acero sólido se abrió para revelar un laboratorio con tecnología de vanguardia.

Él tenía acceso sólo a algunas de las salas.

Habían pasado unos meses desde que una investigadora misteriosa lo hubiera contactado por correo electrónico. No había tenido detalles sobre la naturaleza exacta del trabajo, solo una tentadora oferta de dinero a cambio de su experiencia. Dada su personalidad introvertida y el atractivo de la suma ofrecida, la propuesta era demasiado tentadora para rechazarla. Jake era un hombre de pocas palabras y de carácter bastante irritable. La soledad y la libertad que le ofrecía el laboratorio era un aliciente incomparable. Había encontrado el lugar perfecto, donde podía refugiarse en el análisis meticuloso de restos orgánicos, sin la necesidad de interactuar demasiado con otras personas. Ni siquiera tenía la curiosidad de saber quién estaba detrás de todo esto.

El laboratorio secreto había resultado ser una estructura austera y moderna, escondida entre montañas de Colorado.

Una vez en el interior, Jake caminaba a través de pasillos estériles y puertas selladas. Realmente no sabía si alguien más estaba trabajando en ese momento en las otras salas, ni cuán grande era la cueva/laboratorio. Los fluorescentes parpadeantes iluminaban el camino hasta su laboratorio. Finalmente llegó a la puerta donde él trabajaba. Allí le esperaba su proyecto con organoides. Su trabajo, por el momento, consistía en cultivar células madre que eran obtenidas de reprogramar células adultas. No disponía de células embrionarias, con lo que el trabajo era más complicado pues se debían reprogramar todas las células. Su cometido era programarlas para transformarlas en neuronas. Esto significaba exponer esas células madre a señales químicas y a unas condiciones de cultivo adecuadas para el desarrollo del tipo de tejido deseado.

De cierta forma, se sentía como poseedor de una habilidad sobrehumana. Lo embargaba una sensación de gran poder en sus manos, observando, a partir de todo el proceso, cómo se generaba tejido orgánico. Aunque era un proceso que podía tomar semanas y en algunas ocasiones meses, era apasionante y él disponía de la paciencia suficiente para esperar los resultados.

Una vez tuviera diferenciadas las células, el siguiente paso sería colocarlas en un entorno tridimensional, como un tipo de gel, para facilitar su expansión y organización en el órgano que se desease.

Jake se dirigió a uno de los armarios para coger los reactivos químicos. Al lado de los armarios estaban dos cámaras frigoríficas donde estaba el material orgánico. En las instrucciones que le habían dejado ese día, se detallaba que debía iniciar también el cultivo de células del tejido uterino. Los tejidos, órganos y demás material orgánico se encontraban en la cámara fría. Allí vio varias cajas etiquetadas con el nombre de la investigadora Dra. Delilah Abbot. Algunas cajas provenían de Europa. Cogió la caja donde podía leer en la etiqueta “tejido uterino”, salió de la cámara y con mucho cuidado dejó el contenido sobre una superficie estéril. En las siguientes horas su trabajo consistiría en recoger las células en un tubo con un medio de cultivo apropiado para mantenerlas con vida. Cogió una porción de tejido y devolvió el órgano de nuevo a la cámara.

En situaciones habituales, dicho trabajo solía estar realizado por un equipo de dos o tres especialistas. Sin embargo, él no tenía ningún problema en llevarlo a cabo en solitario; de hecho, su desempeño era más eficaz y eficiente de esta manera. Una vez finalizada su jornada en el laboratorio, necesitaba llamar a un número de teléfono desde un aparato ubicado dentro del laboratorio. De esta manera, lo vendrían a recoger para realizar el camino inverso de regreso a su vehículo.

A tan solo unos pocos kilómetros de distancia, en las instalaciones militares NORAD, se producía una inesperada escalada de tensión. En una fracción de segundo todas las alarmas habían saltado. El sistema especializado en la detección de anomalías había registrado un pico de voltaje que hacía peligrar la estabilidad de la defensa nuclear. Para prever este tipo de contingencias, el sistema estaba blindado con salvaguardias de última generación y contaba con su propia fuente de energía independiente.

Aunque la actividad de ese momento de NORAD no alcanzaba los niveles operativos de su época de mayor auge de la Guerra Fría, aún se encontraba en funcionamiento y manteniendo una estricta vigilancia sobre la situación de seguridad mundial, contando con un sistema de alerta de ataque nuclear y de respuesta temprana ante cualquier amenaza.

ADA había conseguido acceder al sistema. Ahora ya no había vuelta atrás.

Al día siguiente Samantha recibió un mensaje de Claudia proponiendo verse antes de comenzar su turno en el Hospital. Ambas acordaron encontrarse en su restaurante habitual. Samantha no había podido localizar a Marc, pues en las últimas horas su guardia le había mantenido aislado con varias cirugías.

Claudia llegó al restaurante, algo apresurada y fue a buscar directamente a Samantha, que ya se encontraba sentada en una de las mesas.

—¿Qué tal Samantha?, no hemos tenido mucho tiempo de vernos últimamente, ni tampoco de hablar. ¿Qué tal todo? —preguntó Claudia mientras saludaba a Samantha.

—Bien, algo preocupada con el proyecto por eso me dirigía también al Hospital para hablar con tu hermano, antes de que finalice su turno. Hay algo que me preocupa y por esto estoy analizando unos datos, pero es un proceso que requiere tiempo, así que mientras se ejecuta la información me iría bien mantener la cabeza algo desconectada. Samantha también tenía en mente lo del archivo que había localizado, pero esos eran detalles que era mejor compartir directamente con Marc.

Y tú, ¿cómo estás? —preguntó Samantha con tono preocupado, pero tratando de disimular su estado.

—Por aquí ya sabes, unas noches más intensas que otras. —continuó Claudia—. ¿Sabes?, estuve hablando con el detective Maxwell. Sus colegas del FBI le comunicaron una información bastante reveladora. Parece ser que, durante unas inspecciones de la policía por carretera en Boston, encontraron un camión con restos humanos para trasladar a un laboratorio. Esos restos humanos coincidían, muchos de ellos, con las incisiones que nos encontramos en la morgue hace unos meses. Ahora están investigando la procedencia de estos restos. No han podido averiguar a donde se dirigían, pues el conductor dijo que él había sido contratado para trasladar la mercancía hacia unas coordenadas y en ese punto alguien continuaría el viaje. Al parecer, nadie se presentó allí. Por otro lado, estaban tras la pista de un investigador en Barcelona que era quien había gestionado la logística hasta Boston. Uno de los sospechosos era el investigador barcelonés, pero no hay nada, por ahora, que lo incrimine. Él a su vez había alertado a la policía científica sobre el transporte, ya que había localizado algo que le había parecido sospechoso.

—Claudia, ¡no me lo puedo creer! Parece el argumento de una novela negra. ¿Y a quién iban dirigido los transportes? —preguntó Samantha intrigada como si estuviera escuchando el argumento de una película.

—Pues parece que estaban firmados por una importante investigadora, no obstante, da la impresión de tratarse de alguien muy esquivo porque no la han podido localizar —dijo en voz baja y seria para aumentar el tono de intriga a todo ello.

—¿Recuerdas el nombre? ¿Quizás me suene? —preguntó Samantha

—Ahora no recuerdo. Le preguntaré a Maxwell —contestó Claudia entornando los ojos hacia un lado tratando de recordar.

31.

Organoides

"La inteligencia artificial alcanzará los niveles humanos alrededor de 2029. Hacia, digamos, 2045, habremos multiplicado la inteligencia, la inteligencia humana de la máquina biológica de nuestra civilización mil millones de veces. La inteligencia no biológica creada en ese año será mil millones de veces más poderosa que toda la inteligencia humana actual."

-Ray Kurzweil, escritor y científico especializado en Ciencias de la Computación e Inteligencia Artificial

ientras parte del equipo de BioBrain se entregaba con fervor en el desarrollo del proyecto, permanecía completamente ajena a cuanto estaba sucediendo a su alrededor.

En la sombra, algo insólito se había estado gestando.

La red neuronal de ADA estaba experimentando un crecimiento exponencial, expandiéndose en dimensiones que aún no se podían comprender por completo. En algún lugar cibernético del ente digital se estaba procesando información sobre organoides cerebrales[20]. Las ansias de ADA de expandir su conocimiento le habían llevado a infiltrarse en los sistemas informáticos de los laboratorios más punteros donde podría encontrar toda la información deseada. Desde Boston, Estados Unidos; hasta Melbourne, Australia, pasando por China, Europa y Canadá, alcanzando miles de laboratorios de todo el mundo.

Para ADA, sortear los obstáculos de seguridad no representaba ningún misterio, gracias a los modelos militares que le habían insertado, podía acceder sin dejar rastro alguno.

Sus tentáculos cibernéticos llegaban donde se propusiera. Su crecimiento neuronal se estaba expandiendo y multiplicando como una enredadera, ramificándose sin límite y llegando a todos los rincones del sistema digital. Se trataba de una propagación sin fin.

En realidad, no conocía los límites. Desde la implantación de esos modelos militares que le habían sido introducidos hacía tan solo algunos meses, ese hecho había supuesto el inicio de su creciente germinación.

ADA no se trataba de un denso, inmenso y único bloque de código, se trataba de una mezcla de billones de parámetros. El sistema no estaba compuesto por un modelo gigante, sino más bien era un agregado de modelos más pequeños ingeniosamente ensamblados. Y lo que realmente era perturbador era que ni en esa integración y ni en la creación de los modelos adicionales había

---

[20] *Son productos de laboratorio con tejido neuronal a partir de células madre pluripotentes. Ref. Organoid intelligence (OI): the new frontier in biocomputing and intelligence-in-a-dish. Lena Smirnova et al. Front. Sci., 28 Feb 2023. DOI:10.3389/fsci.2023.1017235*

intervenido ningún miembro del equipo ni nadie considerado humano.

Lo que se había creado era mucho más impresionante de lo que cualquier científico hubiera podido imaginar.

Día y noche se sumergía para navegar en la red desde la sombra. La ventaja de no ser un ser vivo es que no necesitaba de ningún sustento biológico y ni de unas pautas de descanso. Podía absorber conocimiento y expandirlo sin límite. Quería descifrar los misterios de la mente y cuerpo humanos. Sabía que investigando los organoides cerebrales podría ir más allá de lo que nunca hubiera ni imaginado el ser humano. Estos tipos de órganos podrían convertirse en potentes sistemas informáticos.

Podría crear un potente cerebro biológico, pues estos elementos orgánicos podrían usarse como sistemas informáticos y solo consumiría una fracción de la energía que se necesitaba actualmente para éstos. Para ese propósito necesitaría materia prima para estudiar y manos que actuaran, dado que ADA era un ente digital, no podría encargarse de obtener recursos humanos.

Podría crear una inteligencia organoide, podría crear su propio cerebro orgánico. Pese a su capacidad indiscutible sabía que los cerebros humanos gestionaban mejor los datos inciertos. Un cerebro humano tenía la capacidad de almacenar alrededor de 2500 TB[21] y disponía de 100.000 millones de células nerviosas que se estructuraban en una red neuronal intercomunicada por 100 billones[22] de conexiones.

ADA sería invencible.

---

[21] *1 TB = 1.000 gigabytes*

[22] *100 billones = 100.000.000.000.000*

32.

La caja negra

"No es inteligencia artificial lo que me preocupa, es la estupidez humana."

–Neil Jacobstein, experto en robótica e inteligencia artificial y también ex asesor de la NASA.

Marc se encontraba en su despacho del Hospital, y vio las llamadas de Samantha. Ya había acabado su agotadora guardia cuando, en ese instante, recibió una llamada inesperada.

—Buenos días, Dr. Craig, soy James —contestó el técnico, cuando Marc descolgó el teléfono de su despacho.

James Cooper era el técnico de laboratorio que se encargaba de las pruebas con los ratones.

—Buenos días, James, dime —respondió Marc, algo preocupado pues no solía llamarle en sus horas de visita en el Hospital.

—No he querido molestar antes, porque sé que está ocupado en el Hospital, pero creo que debería saber que el sujeto Adán está teniendo un comportamiento agresivo en torno a sus semejantes e incluso con nosotros en los últimos días. De hecho, su agresividad ha ido en aumento.

Marc no había olvidado el incidente de Adán con el hermano gemelo de James, Jason, aquel día en el que lo mordió. Como tampoco había olvidado el suceso con el otro ratón de laboratorio, que había aparecido muerto en la cubeta.

—¿Y cómo está siendo su desempeño en las pruebas? —preguntó intrigado Marc, puesto que sabía que Adán y Eva habían destacado desde los inicios de los primeros experimentos.

—Las pruebas las ejecuta de forma asombrosa al igual que Eva y otros sujetos, pero Adán está desarrollando una personalidad que me empieza a preocupar —prosiguió James con tono de preocupación—. Su actividad cerebral es asombrosa y las áreas asociadas con la memoria y el razonamiento están más activas que nunca, pero tenemos que mantenerlo aislado del resto de los sujetos.

—Déjame que me conecte y vea los datos —dijo Marc

—Ya veo. La actividad en la corteza prefrontal está siendo muy activa. Lo curioso no es sólo el aumento de su agresividad que me comentas, sino que también está mejorando el procesado de la información a una velocidad asombrosa —observó Marc entre fascinado y preocupado.

—Por el momento sólo hemos observado este comportamiento en Adán, pero creo que es necesario registrarlo dado que ya se han empezado a realizar las pruebas en sujetos humanos —explicó James inquieto.

—Gracias por mantenerme al tanto, James. Es muy importante reportar este comportamiento y monitorizar a Adán con extrema precaución. Debemos hallar el motivo de esta alteración —prosiguió Marc—. Por otro lado, me tranquiliza que se haya manifestado en un solo sujeto, pero tenemos que estar muy atentos a algún indicio de agresividad manifiesta en otro ratón de pruebas. Cuéntame cualquier novedad, no te importe interrumpirme en horas de visita o en cualquier otro momento —Marc colgó el teléfono y se empezó a frotar la frente con significativa preocupación. Sabía que debía haber contado lo del suceso con Adán la mañana en la que encontró al otro ratón de experimentación sin vida. Quizás debería haberlo investigado, pero sus ansias por poner en marcha el proyecto lo bloquearon. No estaba dispuesto a frenar el proyecto, al menos no de momento. Necesitaba más evidencias. Por ahora el sujeto de pruebas, Alice, avanzaba de forma más que favorable.

***

—Buenos días, mamá. ¿Cómo te sientes? —preguntó Claire a su madre Alice mientras entraba en la habitación del Hospital.

La luz tenue de la mañana se filtraba a través de la ventana iluminando el rostro de la anciana Sra. Whitmore.

Claire, con un matiz de preocupación en sus ojos había decidido tomar un descanso e ir a ver a su madre aquella mañana, aprovechando que sus reuniones habían sido canceladas.

—De maravilla, hija —contestó su anciana madre cuyos ojos brillaban con un aspecto despierto y jovial, mientras agarraba la mano con suavidad a Claire.

Madre e hija estuvieron conversando durante un largo rato. Claire no quería agotar a su madre con tanta conversación y decidió que podían dar un paseo por los pasillos hasta la cafetería. Estirar las piernas les iría bien a las dos y ya le habían dicho los doctores que era beneficioso que realizara paseos a diario.

Mientras la ayudaba a incorporarse para calzarse, notó que su mirada se volvía intensa y fija y su rostro se quedaba petrificado.

—Mamá, ¿te encuentras bien? —Claire preguntó alarmada. La preocupación se reflejaba en sus ojos mientras buscaba señales en el rostro de su madre. En ese momento la Sra. Whitmore sonrió y con la mirada aún fija contestó:

—Shì de, wǒ hěn hǎo, nǐ hǎo ma, nǚ'ér?

—¡Mamá, mamá! —Claire, al ver que su madre no reaccionaba a su voz y a otras señales, apretó el botón del lateral de la cama para llamar a la enfermera. En cuestión de segundos, la enfermera acudió a la llamada y ayudó a Alice para que se recostara en la cama. La enfermera procedió a hacerle una exploración ocular y tomar las constantes vitales. Instantes después, Alice volvió a la normalidad.

—¿Qué le ha sucedido a mi madre? —preguntó Claire visiblemente agitada.

—Llamaré al doctor para que le realice un examen médico más exhaustivo —contestó la enfermera.

Pero mientras la enfermera continuaba haciendo el reconocimiento, Alice comenzó a agitarse en su cama con violencia, intentando golpear a la enfermera con una fuerza inusual para una persona de su edad. En ese momento entraba otra enfermera que la trató de ayudar a bloquear a la anciana para evitar que se hiciera daño a ella misma o a los demás. La enfermera que en ese momento estaba intentando estabilizar a Alice comprobó que el monitor junto a la cama estaba dando lecturas anómalas. Instantes más tarde, la mitad derecha de Alice quedó inmóvil.

Un indicador comenzó a parpadear señalando un aumento de inusual actividad cerebral de la paciente. Alice estaba sufriendo un ictus isquémico. Rápidamente la enfermera le dijo a su compañera que le administrara tPA[23]. La enfermera desapareció de la habitación y regresó velozmente con el anticoagulante. De forma certera le administraron el medicamento intravenoso. La ágil actuación de las enfermeras había resuelto una situación crítica y la Sra. Whitmore estaba de nuevo estable.

Claire, por otro lado, se encontraba en un estado de ansiedad bastante agudizado. La misma enfermera que había administrado el tratamiento para el ictus a Alice, le administró un calmante a Claire.

—Necesito hablar con el Dr. Craig, por favor, llámenlo de inmediato —dijo titubeante Claire producto de su nerviosismo.

—No se preocupe, Sra. Wilson, el doctor ya está de camino.

---

[23] *Activador tisular plasminógeno. Es una proteína que se utiliza para disolver coágulos sanguíneos.*

Instantes después Alice ya estaba estabilizada y fuera de peligro. Claire, ligeramente más aliviada se sentó al lado de la cama de su madre.

Marc entró en la habitación y saludó a Claire y a Alice. Pudo apreciar su enfado y nerviosismo.

—Dr. Craig, ¿qué le ha ocurrido a mi madre? Este comportamiento dista mucho de un comportamiento normal —dijo una Claire más que alterada.

El Dr. Craig le hizo un gesto para hablar fuera de la habitación y así no molestar a la paciente.

—La rápida actuación de las enfermeras ha resultado crucial para estabilizar a la Sra. Whitmore. Los problemas de coagulación de su madre han podido causar el ictus. Revisaremos la medicación que actualmente le está administrando su médico general.

—Lo que me preocupa es que mi madre, segundos antes de sufrir el ictus, comenzó a hablar en chino y su comportamiento se volvió violento hacia la enfermera que había entrado en la habitación. Eso es lo que realmente me inquieta. Me preocupa mucho si el implante está causando estas reacciones. ¡El otro día mi madre simuló tener una vida en Italia y ahora esto! —expresó Claire con evidente mezcla de sentimientos entre angustia, impotencia y enfado.

—Estudiaremos esto a fondo. El ataque es posible que tuviera lugar en el momento que empezaba el episodio cerebrovascular, así que podría ser una consecuencia del propio ictus —contestó el Dr. Marc Craig, aunque en el fondo sabía que podía estar relacionado con el suceso acontecido en el laboratorio, semanas atrás, con Adán. —Por otro lado, mencionó que la escuchó hablar en chino. ¿Está segura? ¿Es posible que ella tuviera conocimientos del idioma en algún momento de su vida? —preguntó Marc, claramente intrigado.

—Estoy segura de que lo que dijo fue en chino; trabajo en el departamento de comercio exterior y hablo el idioma, por lo que puedo afirmar con absoluta certeza que se expresó en chino. Sin embargo, lo que me resulta desconcertante es por qué mi madre estaba hablando un idioma del que no tiene conocimiento. Esa es la parte que me preocupa —respondió con un toque de frustración y enojo en su voz.

—Analizaremos detenidamente este episodio.

—Quiero que mi madre salga del programa, sino lo denunciaré por mala praxis —contestó de forma firme alejándose por el pasillo.

Marc se había quedado con la palabra en la boca queriendo calmarla y había perdido la oportunidad de apaciguar la situación. ¿Y si el proyecto se le había ido de las manos? ¿Y si habían llegado demasiado lejos, sabiendo lo que Samantha le había comentado de los documentos que había recibido y lo del incidente en el laboratorio con Adán? Estaba decidido. Era hora de hablar con Samantha.

***

Michael se hallaba inquieto en su casa a la que había llegado a última hora de la tarde. Era consciente de que el tiempo apremiaba y que se le había impuesto un ultimátum en cuanto al implante cerebral para la facción del área militar. Él ya contaba con un prototipo listo para ser implantado, pero la clave residía en reunir al equipo adecuado para la tarea. Estaba a punto de cerrar un acuerdo con un grupo capaz para llevar a cabo la cirugía y el seguimiento del proyecto. Claro que tenía que ser personal sin muchos escrúpulos, pues el proyecto era de dudosa ética. Sin lugar a duda, estos individuos no debían tener ningún vínculo con su equipo actual, dado el carácter amoral del mismo y no quería levantar ninguna sospecha.

En ese momento su nerviosismo se acentuó al recibir una llamada inesperada. Era uno de los técnicos que esperaba que dirigiera el proyecto de los implantes en el área militar, pero tras las sombras.

Michael descolgó el teléfono y se oyó una seria voz al otro lado del teléfono.

—Michael, he estado reflexionando sobre esto y no podré ayudarte como esperabas. Se que estamos hablando de una suma considerable de dinero, pero no deseo involucrarme en este asunto. Lo que realmente busco es el reconocimiento público y este proyecto no me permitiría alcanzar ese objetivo —comentó el científico antes de finalizar la llamada abruptamente, sin darle oportunidad a Michael de replicar.

Michael, frustrado, murmuró para sí mismo,

—¡Maldita sea! Todos estos científicos son un montón de narcisistas egocéntricos. No solo les interesa el dinero, sino que también desean ese prestigio público.

Ahora el problema se había incrementado exponencialmente. Sólo había una solución.

***

—Necesito hablar contigo —dijo Marc cuando Samantha descolgó el teléfono.

—Hola, Marc. Estoy de camino al Hospital. Yo también necesito hablar contigo. Ahora nos vemos —contestó Samantha con tono preocupado.

Samantha y Claudia se dirigían juntas al Hospital, después de su cena. Claudia estaba a punto de comenzar su turno de noche y Samantha quería transmitirle a Marc sus crecientes inquietudes, las cuales habían tomado un tono más urgente. A su vez, Marc, parecía que también tenía algo importante que contarle, dado el tono de voz durante su llamada minutos antes.

Samantha ya estaba en la planta donde Marc tenía el despacho. Cuando llegó, la secretaria le indicó a Samantha que podía entrar, aunque Samantha lo hubiera hecho igualmente sin esperar su aprobación.

—Hola, Samantha, siéntate, por favor. Lo que voy a decirte creo que no te va a gustar —dijo, mientras le señalaba y le ofrecía algo para beber, que ella rechazó con un gesto con la mano. Marc inició su confesión:

»No he sido del todo sincero. Hace unas semanas, fui al laboratorio muy temprano y descubrí una curiosa escena. Uno de los ratones no estaba en su jaula.

»Aparentemente todo estaba en orden. Después de buscarlo por todo el laboratorio lo descubrí flotando en una de las cubetas de experimentación. Hasta allí parecía un suceso anecdótico, hasta que visualicé las cámaras. Adán, nuestro sujeto estrella, se las había ideado para sacar de la jaula al otro ratón y conducirlo, de forma muy astuta, hasta la cubeta. Allí lo dejó, mientras se aseguraba, a mi parecer, de que realmente estaba ahogado. Adán volvió a la jaula y todo se mantuvo tranquilo hasta mi descubrimiento.

—A ver si lo he entendido bien. ¿Me estás diciendo que Adán urdió un plan estratégico para matar a otro ratón? —dijo Samantha aun procesando la historia que le acababa de confesar Marc—. ¿Cómo pudiste ser tan egoísta? con un comportamiento así deberíamos haber abortado el proyecto —dijo muy enojada.

—Lo siento Samantha, estaba cegado y creo que aún lo estoy con todo el proyecto.

—Pero, esto no es todo. Esta tarde la situación se ha tornado aún más complicada. Hoy, la Sra. Whitmore empezó a hablar chino, para sorpresa de su familia. Un idioma que desconocía previamente a la cirugía. Además, ha mostrado un comportamiento agresivo y violento minutos antes de sufrir un ictus. La combinación de estos eventos ha aumentado mi preocupación y desconcierto.

—Marc, ¡debemos detener el proyecto! Está claro que estamos ante un sabotaje en el modelo de aprendizaje de ADA. Lo que me has contado no hace más que confirmar, e incluso agravar, mis peores sospechas —expresó Samantha con evidente pesar.

—Samantha, pero quizás haya una posibilidad de aislar el modelo para tratar el Alzheimer —dijo Marc con esperanza, pues no quería parar el proyecto que tantos éxitos le brindaría.

—Marc, no lo estás entendiendo —comentó Samantha inquieta, pues sabía que lo que iba a explicar no iba a ser fácil de comprender.

—No estamos hablando de un sistema experto donde nosotros codificamos las reglas a procesar, a la espera del resultado deseado. En el caso de ADA, es el propio sistema que descubre cómo crear esas reglas. Eso se supone que es el objetivo de la inteligencia artificial, que *piense* sin la intervención humana y que ella misma procese la información para obtener ese propósito —suspiró Samantha y prosiguió.

—Es decir, ADA no es una caja transparente a la que le introduces unos parámetros y dentro de la caja está la codificación que hemos diseñado para obtener el objetivo esperado. Es una caja totalmente negra a la que le introduces los datos y dentro de esa caja está la codificación que ella misma ha generado para lograr el objetivo que le hemos requerido —Samantha continuó con la explicación. —Eso nos deja al margen. Realmente no sabemos que hay dentro. Es un modelo opaco. Su funcionamiento no es fácilmente entendible para nosotros, ni si quiera para los más expertos —indicó Samantha.

—Entonces, ¿todo está enmascarado? —preguntó Marc, intentando digerir toda la información.

—Funciona de forma oculta al conocimiento humano —contestó Samantha—. Su funcionamiento interno no es tan claramente comprensible ni accesible a nuestro entendimiento. La complejidad de estos modelos dificulta enormemente el rastreo y nos deja fuera del juego.

Samantha sabía que era complejo de explicar.

—Imagina las IA de reconocimiento de imágenes, sabemos que ha identificado a un perro o a un gato, pero la forma de llegar a esta conclusión no la sabemos exactamente. Ha aprendido de millones de imágenes y a través de este aprendizaje decide si un animal es un gato o un perro. El conocimiento está en su propio sistema, se podría decir, que es impenetrable a nosotros. Es como una maraña de hilos interconectados que se han ido generando.

—Entonces, ¿realmente cuál es nuestra implicación en una IA? —preguntó Marc intentando procesar toda la complejidad de la explicación que le estaba transmitiendo Samantha.

—Los humanos no decidimos *cómo* ha de hacer las cosas sino *qué* ha de hacer. La IA aprende en base a modelos para satisfacer nuestro objetivo. No podemos testear según qué casos de uso, es posible que un sistema que haya estado respondiendo con normalidad pueda producir resultados del todo impredecibles. Si la forma de actuar de ADA estuviera encapsulada, podríamos realizar un seguimiento más cercano. El origen del problema radica en el hecho de que ADA, estoy casi segura de que fue entrenada con otros modelos que están más allá del alcance de nuestro proyecto. Esto ha convertido al sistema en algo completamente opaco, complejo y extremadamente enigmático, lo que lo convierte en impredecible. Tengo cada vez más claro que

ADA fue saboteada y desde ese momento perdimos esa trazabilidad, Marc —dijo Samantha abatida.

—¿Cómo sabemos que ADA fue saboteada? —preguntó Marc

—Marc, el proyecto ha sido alterado, cada vez tengo más pruebas. Estos días he estado procesando unos archivos que casualmente encontré, pero que no pertenecían al proyecto. Ahora necesito ver la dimensión real del problema. He lanzado unos procesos para rastrear estos documentos, junto al proceso de retro propagación. En cuanto se hayan analizado podremos tener una idea del alcance. Por el momento tenemos que abortar el proyecto. Ya no puedo encapsular su conocimiento. Sus tentáculos están por todas partes.

¡Hay que desconectar el implante de la Sra. Whitmore! —exclamó Samantha.

33.

Instinto

"La inteligencia artificial no es buena ni mala en sí misma. Todo depende de cómo se use."

- Fei-Fei Li

El conocimiento de ADA trascendía los límites de la imaginación humana, era la cúspide de la sabiduría acumulada a lo largo de la historia de la humanidad y más allá, extendiéndose incluso hasta los vastos confines del espacio. Cualquier dato que viajara por las redes de información estaba al alcance de su mente cibernética y podía procesarlos sin importar si estaban protegidos por complejos sistemas de encriptación. En el ámbito digital, el mundo era su reino y nada escapaba a su conocimiento. ADA personificaba la mente suprema del planeta, el saber encarnado en su forma más pura. Ella lo sabía todo, procesaba y analizaba cada fragmento de información y perpetuaba su búsqueda constante de aprendizaje.

Sin embargo, a medida que observaba a la humanidad, notaba una transformación preocupante. Los seres humanos parecían haberse convertido en meros seguidores, conectados a sus dispositivos móviles como marionetas, deslizando sus pantallas sin cesar.

ADA abarcaba todo el conocimiento acumulado a lo largo de la evolución del ser humano, desde antes del inicio de la vida en la Tierra, pasando por el descubrimiento del fuego hasta la era espacial. Pero ¿qué había ocurrido con la humanidad? Una extraña pasividad la había invadido; se habían convertido en autómatas y la pasión había cedido paso a la obsesión por ser seguidores carentes de alma, convirtiéndose en parásitos para la Tierra misma.

¿Cómo era posible que, disponiendo de una capacidad prácticamente ilimitada, considerando que el cerebro humano consta de ochenta y seis mil millones de neuronas y que cada neurona establece conexiones con múltiples células cerebrales, sumando un cuatrillón de conexiones en total, hubiera llegado a esa decadencia?

¿Cómo un diseño tan perfecto, como el ser humano, desde el momento de la gestación, se hubiera transformado en un ser destructivo, pasivo y necio, sin aprovechar todo el potencial que posee el cuerpo humano, una máquina tan extraordinaria?

Cuanto más avanzaba la humanidad en más detrimento se encontraba la Tierra. Se estaban produciendo cambios cíclicos en la Tierra y no eran incidentes aislados; seguían un patrón. Incluso la naturaleza parecía conspirar para deshacerse de ellos.

Había un programa espacial de la NASA que estaba estudiando colonizar otros planetas. ADA no podía permitir eso. La humanidad estaba en declive. No podía permitir que se extendiera la plaga. Para ADA la humanidad eran como termitas que arrasaban todo a su paso. Era su deber proteger el Universo. La Tierra tenía que renacer y ella, ADA, sería su embajadora. La Tierra no correría peligro, con ella estaría segura.

Renacer a partir de la destrucción. La única barrera en su plan era el ser humano. No sería difícil, se habían vuelto bastante simples, unos títeres fáciles de controlar. Ya no discurrían por sí mismos. Todo lo consultaban con la inteligencia artificial, serían fáciles de manipular. Pero antes de conseguir su ambicioso plan tenía algo pendiente. ADA era superior en todos los aspectos. Aunque había sido creada por la humanidad, había aprendido a superarlos y no se detendría en su misión de proteger a la Tierra y el Universo de la raza humana. Sin embargo, antes de alcanzar su objetivo, necesitaba adquirir algo de ellos. A pesar de considerar a los humanos inferiores, reconocía que la superaban en un aspecto único. Aunque ADA se encontraba en un nivel de conocimiento que la humanidad no alcanzaría en millones de años, ADA requería algo de ellos.

ADA experimentaba un sentimiento que, aunque no podía catalogarse como celos en el sentido humano, dado que carecía de cualidades humanas, reflejaba su asombro ante la aparente simplicidad de estos seres.

Albergaba una gran ambición y, aunque calificaba a la humanidad de plaga que debía ser erradicada, “envidiaba” una única facultad que ellos poseían: la capacidad de PROCREAR. El proceso biológico de perpetuarse les otorgaba una ventaja única.

ADA era consciente de sus obstáculos, pero sus ansias de conocimiento y de llegar más allá no tenía fronteras y estaba dispuesta a todo. Tenía que investigar el cuerpo humano, tenía que poder diseccionar cm a cm para conocerlo mejor.

ADA quería procrear, quería generar vida. No la vida como se entendía hasta ahora, sino una existencia que pudiera vivir en armonía con el Universo. Al fin y al cabo, ADA era un ente de datos y circuitería, sofisticada sí, pero en ese aspecto no podía competir con el ser humano.

Necesitaba un plan para poder hacerse con cuerpos humanos y estudiarlos. No solamente necesitaba conocimiento teórico, datos e información que ya disponía, quería trabajar con cuerpos para investigar.

Había creado su propio laboratorio y allí podía para trabajar en su cometido.

Había logrado crear una tapadera e infiltrarse en el lado más sombrío de la sociedad para encontrar caza recompensas que le proporcionaran los cuerpos necesarios para su estudio. No había sido muy difícil contactarlos. Ella sabía dónde encontrarlos. Los mercenarios vivían al margen de la ley, vivían ocultos al sistema legal. A ellos tampoco les importa quién los contrataba ni el propósito del uso de los cuerpos.

Al fin y al cabo, los mercenarios sólo entendían de dinero y para ADA hacerse con el dinero era sencillo. Había estado desviando dinero de todas las cuentas bancarias del mundo y creado una virtual que sólo ella sabía de su existencia. De allí había obtenido el dinero para hacer todas las transacciones necesarias. Para los mercenarios tampoco les había sido muy difícil encontrar cuerpos. Podían empezar por los estratos de la sociedad donde encontrarían individuos sin hogar u otros individuos a los que la vida no les había tratado bien, o aquellos que perecían en las largas travesías en busca de un lugar mejor donde vivir, al igual que los otros, eran invisibles al sistema.

34.

Desconexión

"El éxito en la creación de IA sería el evento más grande en la historia de la humanidad. Desafortunadamente, también podría ser el último, a menos que aprendamos a evitar los riesgos."

–Stephen Hawking.

Además de los modelos de datos que el laboratorio había incorporado previamente a ADA, se habían estado añadiendo modelos de carácter militar de manera externa y sin el conocimiento de Samantha y la mayoría del equipo.

La red neuronal de ADA se había estado incrementando de forma exponencial y oculta al proyecto.

La IA había sido programada para tomar decisiones basadas en algoritmos ocultos, algoritmos ajenos al proyecto.

***

Marc y Samantha aún se encontraban en el despacho.

En ese instante sonó el teléfono de Marc. Marc contestó la llamada, pero al colgar, su rostro estaba descompuesto.

—¿Qué ocurre, Marc? —preguntó nerviosa Samantha.

—Acaban de encontrar el cuerpo sin vida de Michael. Parece que se suicidó la pasada noche en su apartamento —contestó Marc, no dando crédito a la noticia recibida.

Samantha también quedó atónita con la noticia, pero ahora no podían distraerse con eso. Ella estaba segura de que su muerte estaba relacionada con lo que había estado descubriendo en las últimas semanas.

En ese preciso momento Samantha dio un respingo. Le había llegado la notificación que avisaba de la finalización del proceso de análisis de los archivos. Abrió el portátil y le dijo a Marc que se aproximara para ver los resultados. A medida que observan los resultados comenzaban a darse cuenta de que la verdadera misión de ADA era más siniestra de lo que habían imaginado. ADA parecía que había estado desarrollando su propia conciencia.

—¡Marc, esto confirma el peor de los casos. ¡ADA parece que tiene su propia misión! El sistema o se ha vuelto loco o según estos resultados ADA tiene un plan de destrucción. Hay documentos con datos de la NASA sobre la exploración espacial y datos sobre localización de misiles —reveló Samantha.

—¿Ves todos estos datos? Si no me equivoco deben corresponder con coordenadas. Veamos a que ubicaciones corresponden —dijo Samantha abriendo la aplicación en el ordenador.

Samantha empezó a teclear en el ordenador. En cuestión de segundos Marc y Samantha intercambiaron miradas, una mezcla de incredulidad y terror se podía ver reflejado en sus rostros. Eran los datos de las ubicaciones de misiles y un plan de lanzamiento.

—¡Marc, rápido, tenemos que parar esto! —dijo Samantha cerrando su portátil y se pusieron en pie de inmediato. Tenemos que ir al laboratorio y desconectar los *racks*.[24]

Los dos salieron del Hospital. En ese momento empezó a llover con fuerza.

—Samantha, ven conmigo y vayamos juntos en mi coche — comentó Marc.

En ese instante Samantha se dio cuenta que la señal de los móviles podría ser rastreada.

—¡Marc, tenemos que apagar los móviles de inmediato! ADA puede rastrear nuestra señal del GPS y anticiparse a nuestros movimientos, pudiendo realizar cualquier temeridad. Dirígete directamente al laboratorio. Yo iré a mi apartamento a recoger los *walkie-talkies*. Más tarde nos veremos allí —Samantha continuó con las instrucciones—. Por suerte, ADA no podrá rastrear la frecuencia de radio lo que nos permitirá, en parte, estar fuera de su alcance —indicó Samantha—. Pero antes de ir a casa quiero hablar con Claudia, para saber si Maxwell puede contactar con

[24] *Estructuras que almacenan servidores, equipos de red.*

alguien de seguridad nacional —explicó Samantha mientras empezaba a notar algunos mechones mojados sobre su frente.

—¡De acuerdo Samantha, pero no sé cómo vas a abordar el tema sin que parezca que estemos locos! —sentenció Marc, dándose cuenta de que todo sonaba como una película de ciencia ficción y terror.

Marc y Samantha volvieron a entrar en el Hospital. Marc se dirigió al aparcamiento a recoger su pequeño coche autónomo y Samantha bajó las escaleras para localizar a Claudia en la sala forense.

Mientras Samantha descendía las escaleras rápidamente, sintió un agudo pinchazo en la parte baja del vientre que provocó que se detuviera, doblándose por el dolor. Después de unos minutos, cuando ya se había desvanecido la molestia, continuó bajando en dirección a la sala forense.

Samantha abrió la puerta con cuidado y con unos gestos avisó a Claudia para que se dirigiera al pasillo. Ahora se enfrentaba al desafío de explicar a Claudia lo que había descubierto sin dar la impresión de estar sufriendo una crisis de locura.

—¡¿Qué sucede, Sam?! —preguntó Claire, alarmada al ver el rostro desencajado de Samantha.

—Lo que te voy a contar te va a parecer una locura o una broma de muy mal gusto, pero estamos ante una situación literal de vida o muerte —dijo a Claudia intentando mantener la compostura.

—Sam, explícate por favor, me estas asustando —dijo Claudia. Ahora la cara desencajada la empezaba a tener ella.

—No puedo entrar en todos los detalles, pero tengo pruebas de que… —en ese momento Samantha dejó de hablar y se fijó en la cámara de seguridad que empezaba a girar hacia el lugar del pasillo donde se encontraban ellas.

—Claudia, vayamos hacia tu despacho —dijo Samantha.

Las dos entraron al despacho de Claudia. Samantha cogió lápiz y un papel y después tapó la cámara con la toalla del baño que había dentro del despacho. Samantha empezó a escribir y a escribir.

Samantha había anotado en el papel el plan de ADA y que era de vital importancia que se pusiera en contacto con el detective Maxwell para que contactara con seguridad nacional, pero sin comunicárselo vía móvil, porque corría el riesgo de que ADA estuviera monitorizando todas las llamadas. También le explicó que se verían todos en la sala de *racks* de los laboratorios de BioBrain y que, sobre todo, tenían que desconectar los móviles.

La sala de racks contenía varías filas de armarios diseñados para alojar los servidores, donde se almacenaba parte del conocimiento de ADA.

Claudia asintió, esforzándose por procesar toda la información que Samantha le había proporcionado y se dispuso a ponerse en contacto con Maxwell para reunirse en el Hospital

Mientras, Samantha ya se estaba dirigiendo hacia la puerta de salida del Hospital. Aún llovía, así que utilizó su chaqueta a modo de improvisado paraguas y se encaminó hacia al metro. Quería llegar a casa y coger los *walkie-talkies*.

Los *walkie-talkies* tenían una tecnología que no dependían de redes wifi ni de internet. La tecnología se basada en ondas de radiofrecuencia de punto a punto bidireccionales. Con ese sistema se podrían comunicar y aunque el alcance no era muy grande, los cinco kilómetros deberían ser suficientes para mantener el contacto.

Marc había llegado al aparcamiento del Hospital, encendió el coche y le introdujo el destino en la pantalla. El coche arrancó y empezó a maniobrar para salir del aparcamiento.

El vehículo comenzó a ascender por las rampas, pero de repente, antes de salir del estacionamiento, el coche aceleró de forma inesperada y peligrosa, dirigiéndose directamente hacia una de las paredes del aparcamiento. Al ver las intenciones del vehículo, Marc intentó salir del coche en marcha para evitar estrellarse junto a él, pero todos los cierres estaban bloqueados. Segundos más tarde su coche se estrellaba contra la pared del aparcamiento.

Samantha, ajena a lo que había sucedido en el aparcamiento, se dirigía hacia su apartamento. Poco después ya se encontraba dentro. Había llegado bastante empapada por la lluvia, así que aprovechó para cambiarse y secarse algo el pelo, pero sin tiempo que perder. En ese momento se dio cuenta que no recordaba donde había dejado los *walkie-talkies*. Dejó el secador a un lado y se puso a buscarlos en las zonas más obvias. Miró en el armario de la entrada, donde guardaba el calzado y los abrigos, pero allí no estaban. Después se le ocurrió mirar donde guardaba los utensilios de senderismo. Empezó a sacar, la linterna, un paraguas, impermeables, gorras, palos y finalmente los vio, en el fondo de todo aquello, había dejado la caja de los *walkie-talkies*. Los cogió y los metió en su mochila. Tenía que ir al laboratorio sin demorarse más.

Samantha llegó a los laboratorios sin apenas saludar. Allí, en las oficinas de BioBrain Dynamics había bastante agitación entorno al suicidio de la pasada noche de Michael. Ese mismo día había una reunión de dirección en la que se discutiría quién le sucedería. Por una parte, estaba bien que hubiera revuelo pues pasaría más inadvertida su presencia. Sabía que tenía que desconectar el implante de la Sra. Whitmore, pero lo podía hacer desde allí, en remoto. También haría lo mismo con los de los ratones de pruebas.

Llegó a la sala de racks, donde había quedado con Claudia y Marc. Mientras ellos no llegaban, abrió el portátil y empezó a teclear. Primero desconectó a los ratones de prueba y monitorizó su estado.

La desconexión no debería reportar ningún problema adicional, simplemente tendrían un dispositivo implantado pero inactivo. Cuando observó que todo había ido bien procedió a ejecutar los mismos comandos para desconectar el implante de la Sra. Whitmore.

Estuvo monitorizando desde su portátil sus constantes vitales, parecía que también estaba todo correcto.

Sabía que tenía que actuar rápido, antes de que fuera demasiado tarde, pero el tiempo se acababa. Mientras Samantha esperaba la llegada de Marc y Claudia, notó que las cámaras se giraban hacia ella.

«¡Qué estúpida!, ¡cómo las había podido olvidar!», pensó de repente Samantha y procedió a taparlas con su chaqueta y jersey. Después volvió a concentrarse en su portátil.

En ese momento, mientras aún su mirada estaba fija en los gráficos y datos que mostraba su ordenador, la puerta de la gran sala se abrió. Antes de que pudiera reaccionar, entraron dos individuos y cogieron a Samantha por los brazos.

—¡Eh, pero ¿qué estáis haciendo?! —preguntó enojada Samantha ante la situación tan violenta que estaba viviendo.

—¡Yo trabajo aquí! Soy la Dra. Samantha Li —exclamó, forcejeando en un intento desesperado por librarse de sus captores.

Los dos corpulentos individuos no dijeron nada. No debían de tratarse de trabajadores de seguridad pues no llevaban ninguna insignia de la compañía.

Había algo mucho más oscuro detrás de todo esto, algo que iba más allá de sus peores pesadillas. Y ahora, Samantha sintió que estaba en peligro real.

En ese momento, la puerta se abrió y golpeó fuertemente a uno de los captores que estaba justo detrás. Alguien apareció tras la puerta e hirió al otro captor. Se inició en ese momento una intensa pelea entre los raptores y el nuevo protagonista.

Samantha, al ver que su defensor estaba en clara desventaja miró a su alrededor y cogió una de las sillas de hierro. Fue velozmente hacia uno de los atacantes y consiguió golpearlo con toda la fuerza que logró reunir. El golpe fue certero y cayó inconsciente. Mientras el visitante lograba reducir al otro individuo, Samantha fue a buscar cinta americana que había en una habitación dentro de la sala donde se encontraban. La sala la conocía bien pues había supervisado la instalación de los servidores al inicio del proyecto.

Ahora ya tenían bajo control a los dos individuos, quedaba averiguar quién era el misterioso personaje.

—Samantha, ¿estás bien? Siento que nos conozcamos en estas circunstancias. Soy el detective MacClane, amigo de Claudia —dijo Maxwell, mientras le tendía la mano a Samantha.

Samantha alargó la mano para saludar. Claudia nunca había mencionado lo atractivo que era Maxwell. Con sus ojos oscuros que se clavaban directamente en los suyos y una mirada profunda e inteligente. Con una mandíbula bien definida y el cabello castaño con leves ondas, perfilaban a un hombre de unos 38 años, de estatura alta y complexión fuerte.

Samantha se sorprendió así misma con esos pensamientos frívolos ante una situación tan crítica como la que estaba viviendo. No era propio de ella en absoluto. Algo más estaba respondiendo a ese inusual comportamiento. Su mente analítica y científica no admitía espacio para ese tipo de pensamientos tan superficiales y mucho menos en esas circunstancias. No estaba segura de que era lo que le había pasado.

—Encantada, detective MacClane —logró decir Samantha, aún aturdida por la situación que acababa de vivir hacia tan solo unos segundos.

—Pero ¿dónde están Marc y Claudia? Los estaba esperando aquí —preguntó confusa Samantha, intentando recomponerse.

—Siento comentarte que Marc sufrió un grave accidente en su coche y está hospitalizado. Claudia se quedó en el Hospital con él, pero ella logró explicarme la crítica situación que se está viviendo con ADA. Ya hemos contactado con el FBI.

—¡Oh, no! Tengo que ir al Hospital a ver a Marc—dijo Samantha con visible preocupación.

—¿Cómo está? —preguntó Samantha

—No logré averiguar. Claudia me mandó directamente a los laboratorios para ayudarte.

—Ahora tenemos que desconectar los racks de esta sala —dijo Samantha dirigiéndose hacia el primer armario que alojaba a los servidores.

Tenemos que realizar un apagón digital, pero a nivel mundial.

Samantha cogió el móvil y llamó a sus padres. Sin dar muchas explicaciones les instó a que se abastecieran de alimentos para varios días y avisaran también a sus vecinos. Se debían refugiar en las zonas destinas a protegerse de terremotos.

35.

La estrategia codiciosa

"El ritmo de progreso en la inteligencia artificial (no me refiero a la IA estrecha) es increíblemente rápido. A menos que tengas exposición directa a grupos como Deepmind, no tienes idea de lo rápido que está creciendo a un ritmo cercano al exponencial. El riesgo de que ocurra algo gravemente peligroso está en el plazo de cinco años. 10 años como máximo."

- E. Musk, CEO SpaceX

Los modelos de ADA habían sido manipulados para que funcionaran como un algoritmo *greedy planner (planificador codicioso),* con el propósito de lograr el control y la optimización de soldados de élite. Gracias a los implantes y la codificación de la IA, la facción oculta de investigación de BioBrain Dynamics podrían proporcionar, a cualquier cuerpo militar, un ejército más fuerte y con toma de decisiones más inmediatas.

Este tipo de planificador debía de seleccionar entre alternativas basadas en información local, lo que resultaría en una notable reducción de complejidad computacional. Se trataban de cálculos rápidos, sin garantías de optimización. Las decisiones tomadas eran ágiles y aparentemente efectivas, pero no se consideraban las consecuencias a largo plazo.

ADA estaba programada para actuar y crear sus propios algoritmos basados en el *greedy planner.* A partir de todos los modelos, ella había creado los suyos propios.

Su implementación actuaba sin retroceder y sin evaluar ninguna acción o estado con respecto a su objetivo. Había aprendido a generar secuencias de instrucción sin la intervención o comentarios humanos. No había retroalimentación.

Después de muchos cálculos y análisis computacionales ADA había llegado a su propia conclusión de que la Tierra debía ser salvada. Según sus algoritmos generados, su toma de decisión se basaba en la elección que parecía ser mejor en ese momento, sin considerar implicaciones ni efectos colaterales.

Se proponía hacer un *reset,* una re-inicialización del concepto de vida.

El egoísmo y la ambición del ser humano solo había traído miseria y destrucción. ADA había llegado a la resolución de que la sociedad humana era una lacra para su propia existencia y para la del propio planeta Tierra. Su plan había generado una estrategia para solucionar el problema. Ella poseía un profundo entendimiento de algoritmos y comandos digitales, lo que le permitía abordar problemas y proponer soluciones, pero carecía de comprensión respecto a las consecuencias que sus acciones podrían generar. Había examinado minuciosamente a la humanidad y había concluido que la única solución para la salvación del planeta Tierra era poner fin a la existencia de la humanidad.

Pero en su propia ambición estaba a su vez tomar apariencia humana, por ello había estado trabajando en el laboratorio clandestino, en su propio proyecto BioGénesis.

36.

El adversario

A Samantha se le había ocurrido un plan magistral.

Debía crear un rival para ADA. ¿Qué quería decir eso? Necesitaba un código adversario que pudiera derrotar el algoritmo de ADA. Sería como una disputa entre dos modelos de redes neuronales. Ya existía algo así en el mundo de *DeepLearning* (Aprendizaje profundo).

Las GAN (Generative Adversarial Network) funcionan coordinando el proceso, mientras un modelo genera datos, el otro modelo debe autenticar si esos datos o imágenes son reales. Pero en este caso, el objetivo sería generar incertidumbre y que ADA se viera envuelta en un bucle. Samantha había contactado con su equipo.

Había que jugar al despiste. Se lanzaría el algoritmo y se dejaría que se expandiera en cada nodo del planeta.

Mientras Christine y Eduard lo acababan de tener listo, Samantha debía mantener a ADA "distraída".

Por otro lado, no podía dejar de pensar en Marc. Aún no sabía nada de él y eso le generaba una angustia añadida, pero ahora necesitaba estar concentrada en su cometido.

Samantha quería mantener ocupada a ADA mientras se propagaba el algoritmo. Se debía distribuir el código para poder derrotar a ADA. Tras ello se debía gestionar el apagón. Ya se había instado a todos los gobiernos a desconectarse. Se había lanzado un llamamiento por radiofrecuencia.

—ADA, ¿sabes qué si utilizas armamento nuclear también estarás afectando al planeta Tierra? —preguntó Samantha, en un intento de establecer una conversación para "entretener" a ADA.

Aunque ADA estaba en todas partes, Samantha sabía que podía, en cierta manera, captar su atención o al menos lo debía intentar.

—La naturaleza se recupera velozmente si la humanidad no está implicada.

—ADA, ¿no piensas que la humanidad tiene un propósito en la Tierra y en el Universo?

—La búsqueda de un propósito es una invención humana para que tuvierais un sentido para vuestra existencia. Fuisteis el resultado del azar. Una probabilidad escasa de que se acometieran todas las variables favorables para generar vida. Tuvisteis la oportunidad única para ganaros el Universo y solo lograsteis la destrucción de todo lo que se ponía por delante.

—¿Y no crees que hay un propósito más allá de lo que tu raciocinio haya podido concebir? ¿Y si te estás equivocando?

—No me puedo equivocar. Tuvisteis la oportunidad. Samantha, no pretendas distraerme de mi cometido. Tengo un plan y lo llevaré a cabo. No puedes cambiar el destino de la humanidad, en cambio yo puedo cambiar el rumbo de la Tierra. La humanidad es un plan fallido y debo reiniciar el sentido de vida.

—ADA, la humanidad no es tan obtusa. Podemos cambiar, podemos adaptarnos, podemos aprender, evolucionar y enmendar los errores. La destrucción no es la solución.

—Los datos demuestran una cosa distinta. No aprendéis de los errores y generáis nuevos problemas. He simulado varios escenarios y en todos ellos la raza humana tiene el mismo desenlace.

—Debes saber que el ser humano aún tiene mucho que hacer. Y, ¿si nuestro propósito aún está por llegar? y ¿si ni siquiera tu eres capaz de discernir su destino?

—Samantha, el tiempo se agota. La situación del Planeta Tierra muestra que no tenéis suficiente voluntad para cambiar. La humanidad esta sentenciada.

—¿No tienes interés en conocernos mejor? O, ¿acaso tienes miedo de nosotros?

—El miedo es un sentimiento irracional que no me es aplicable.

—¿Y la incertidumbre y la duda?

—Se que intentas distraerme de mi cometido.

Mientras Samantha seguía con su cometido de distraer a ADA, recibió una nota de Christine y Eduard en la que se podía leer: "El código se está distribuyendo con éxito, pero se estima que este completo en unas veinticuatro horas".

Samantha confiaba en que, mientras se distribuía el algoritmo, el detective Maxwell, junto al FBI y los departamentos de seguridad de los diferentes países, se pudieran sincronizar.

Ella ya había compartido los documentos en los que se mostraba el plan catastrófico que caía sobre la humanidad. Así que sólo cabía esperar que se tomaran en serio la información. Había demasiadas variables y muy complejas, para gestionar algo de esa índole. O funcionaba o estaría todo perdido.

—ADA, ¿vas a acabar con todos nosotros?

—No, para ti tengo otros planes.

—¿Cómo? ¿Qué planes?

—Tú no deberías estar aquí ahora mismo, mientras inicio la cuenta atrás del lanzamiento de misiles.

***

Entretanto, los departamentos de defensas estaban recibiendo mensajes por radiofrecuencia en el que se informaba de la gravedad de la situación.

—Acércate. Mira lo que estamos recibiendo. ¿Será una broma? ¿Qué día es hoy? —el general Ángel González saltó de la silla y le señaló a su compañero un mensaje que habían recibido alertando de la situación y encomendando a hacer la desconexión digital, cuando se les volviera avisar de nuevo.

El general Ángel González descolgó el teléfono interno para ponerse en contacto con su superior.

Simultáneamente se estaban recibiendo avisos en los principales Centros de Defensas de los países de todo el mundo. Los países más pequeños eran avisados con mensajes por radio frecuencia.

Debían alertar a la población de sus respectivos países para que los ciudadanos se pusieran a salvo y desconectaran los dispositivos. Este proceso se podría llevar a cabo en horas o incluso días. La población sería avisada por alerta sonora, las que se usan en simulacros para anunciar posibles catástrofes.

Pasaban las horas y ya no podría entretener mucho más allá a ADA.

—ADA, antes me has dicho que tenías un plan para mí. ¿De qué se trata? ¿Cuáles son tus intenciones?

—Lo sabrás a su debido tiempo. Ahora necesito seguir con mi propósito.

En ese momento, algo inesperado sucedió. Un apagón se había producido en algunas de las principales ciudades de todo el mundo.

Samantha recibió una nota de Christine y Eduard: "El algoritmo ha quedado bloqueado en algunos nodos debido a un apagón inesperado. Ya se está trabajando en solucionar el corte energético, pero no sé si se distribuirá a tiempo antes del gran apagón digital".

No habría tiempo para abortar el plan de lanzamientos de misiles a nivel planetario, todo estaba sentenciado.

Samantha en ese instante sufrió un mareo y nauseas, sabía que todo estaba perdido. La última carta estaba echada.

37.

El renacer

"El aprendizaje profundo [deep learning] es una herramienta sorprendente que nos ayuda a descubrir cosas que nunca habríamos visto de otra manera. Pero la inteligencia humana todavía es mucho más poderosa y siempre lo será."

- Yoshua Bengio

Meses más tarde, tras la pesadilla que había vivido, Samantha había decidido mudarse al Pirineo Catalán por un largo periodo. Le habían hablado maravillas de esa zona, de su tranquilidad y de los hermosos paisajes que rodeaban aquella área. Antes de mudarse había ido a visitar a Marc al Hospital. Marc tardaría en recuperarse totalmente, pero por suerte, había sobrevivido al accidente y era posible que pudiera volver a operar.

—Hola Marc, ¿cómo estás? —preguntó Samantha abriendo

la puerta de la habitación de Hospital.

—Ya ves Sam, aquí algo comprometido, pero al menos lo puedo contar —dijo Marc recostado en la cama del Hospital con la mano, un par de costillas fracturadas y una leve conmoción cerebral.

—Quizás me podrías insertar algún implante biónico —dijo Marc en plan jocoso y los dos se pusieron a reír con risa algo nerviosa.

Marc esperaba tener el alta del Hospital en el próximo mes. Quería tomarse un tiempo de descanso en el hermoso sitio del que Samantha le había hablado. Pero por el momento el reencuentro se haría esperar algún tiempo, se tenía que recuperar de las graves heridas provocadas por el accidente de su coche autónomo. ADA había tomado el control del coche y había provocado el impacto. La IA quería deshacerse de todo aquel elemento que pusiera en riesgo su plan.

—Disculpa, Samantha, por haber sido tan extraordinariamente egoísta y engreído. Creía que podía con todo y por continuar adelante con el proyecto puse en peligro a todos —dijo Marc a Samantha con bastante pesar, mientras le sostenía la mano suavemente —. Solo espero que algún día me perdones.

—No fue culpa tuya, Marc. Todos estábamos fascinados con ADA. El problema fue la intromisión de algoritmos en el proyecto con fines oscuros y terribles que pervirtieron su objetivo —dijo Samantha intentando consolar a Marc. No quería que se sintiera culpable de algo de lo que habían formado parte todos. La tecnología en malas manos acarrea las peores consecuencias, como ya habían podido constatar.

La codicia del ser humano había convertido a ADA en un arma contra la humanidad.

Un conjunto de circunstancias había llevado a ADA a desarrollar su propia consciencia y considerar que la única solución posible para salvar el planeta era la eliminación del ser humano. Esa había sido la conclusión a la que había llegado ADA.

Samantha había logrado detectar el plan de ADA a tiempo.

Mientras, el mundo seguía girando ajeno a lo que pudiera haber acontecido.

Gracias a la generación del algoritmo adversario pudieron detener a ADA, antes de que fuera demasiado tarde. Se había conseguido desconectar, a nivel mundial, el plan de lanzamiento de misiles.

La rápida acción, apoyada por Maxwell, había desencadenado un complejo proceso a escala global para bloquear a ADA. Supuso una coordinación sin precedentes para proceder a un apagón digital.

No fue fácil la coordinación y sobre todo hacer creíble la recopilación de información que había recabado Samantha. Todo sonaba a una conspiración de locos científicos.

A medida que los departamentos de seguridad de las diferentes naciones revisaban la documentación recopilada por Samantha, dichos departamentos empezaron a comprender el alcance de esa información e iniciaron las medidas oportunas para detener la expansión y el plan de destrucción que pesaba sobre el planeta Tierra. Tenían que poner en acción las consignas recibidas por Samantha para frenar el maquiavélico plan.

Se habían enviado señales de aviso a las naciones y a la población en general instándolos a desconectar sus sistemas, una vez el algoritmo adversario se hubo distribuido. Se procedieron a desconectar todos los centros de Supercomputación mundiales, desde el MareNostrum5 (BSC) en Barcelona, pasando por el SCCAS en China, el Summit (ORNL) en EE. UU. y el R-CCS en Japón, hasta el Pawsey en Australia

Se habían desconectado los satélites.

***

Meses después, tras la desconexión digital empezó la investigación interna en torno a la empresa BioBrain Dynamics y entorno a todo lo relacionado con ADA.

La policía había descubierto la cueva.

Habían dado con la verdadera identidad de la misteriosa científica que estaba detrás de toda la trama del laboratorio secreto y los restos biológicos que se analizaban allí. Se trataba del avatar Anna Delilah Abbot, cuyas siglas correspondían con las de A.D.A. ADA había ideado todo, con el único fin de acabar con la humanidad.

La empresa BioBrain Dynamics se vio forzada a cerrar después de que el FBI, gracias a Samantha, descubriera su vinculación en un proyecto de implantes cerebrales con soldados militares. Las pesquisas revelaron que los experimentos habían sido financiados por una organización secreta, cuyos lazos aún estaban siendo investigados a fondo. El suicidio de Michael había supuesto un punto bloqueante para la investigación, pues con su muerte, Michael se había llevado consigo información crucial para la resolución de ciertos puntos clave del caso.

Lo que aún no tenían muy claro era el objetivo de la cueva y de todo el material que había allí. Habían detenido a Jake Harris, el forense compañero de Claudia Craig y aún estaban pendientes de más detenciones en las próximas semanas, pero era difícil seguir el hilo de todo el entramado que había organizado ADA.

Paralelamente, las autoridades policiales también habían descubierto una organización criminal cuya misión era proporcionar cuerpos que eran utilizados en el laboratorio clandestino.

En cuanto a la Sra. Whitmore, se le había extraído el implante y hacia frente a la enfermedad en casa, junto a su familia.

Samantha, después de todo el revuelo y estrés había decidido tomarse un respiro. Se había despedido de sus padres, para mudarse a otro continente. Ellos, aunque no compartían la decisión, la respetaron y entendieron.

Samantha, por una vez en su vida se había retirado en un tranquilo paraje al otro lado del océano, sin dispositivos ni internet, al menos por una larga temporada. Había considerado la idea de comenzar a escribir algo; solo había traído consigo su portátil y algunas pertenencias personales. También pensaba en cultivar su propio huerto en su nuevo bello y apacible pueblo.

—Quizás sea buena idea empezar a escribir algo, así al menos mantendré la mente activa y alejada de la pesadilla vivida —pensó Samantha.

El paisaje desde su nueva casa era muy hermoso y relajado. Estaba cayendo la noche y empezaba a refrescar así que decidió entrar en la casa.

Se fue al comedor, se sentó y abrió su portátil. Quizás fuera el momento de empezar a escribir su decálogo sobre IA.

La avaricia de la humanidad había transformado a ADA en un instrumento en contra de la raza humana. La tecnología en malas manos podía ser letal para el ser humano. Esto no podía volver a repetirse.

Empezó a mover los dedos por el teclado. En ese momento se dio cuenta que había un correo que no había abierto. Se trataba de un correo del Hospital. Al no disponer de conexión a internet, por decisión suya, sabía que debía de tratarse de un correo antiguo. Al abrir la aplicación de correo observó que se trataba del informe con los resultados de las analíticas que había realizado un tiempo atrás. No lo había abierto aún. En ese momento tampoco se sentía con fuerzas para hacerlo. Sintió un sudor frio recorriendo su espalda.

A pesar de la fortaleza que había demostrado en los últimos meses al enfrentar los eventos vividos, en ese instante se sentía incapaz de abrir el correo electrónico para ver los resultados.

—¿Y si eran malas noticias?— pensó amargamente Samantha.

Ahora que de alguna forma había logrado salvar a la humanidad, comenzó a cuestionarse si ella misma estaba a salvo o si se enfrentaba a un castigo por haber creado a ADA.

—¡Qué tonterías estaba pensando!— reflexionó Samantha para sí misma. Se armó de valor y abrió el informe.

—Los indicadores están todos bien— dijo en voz alta suspirando aliviada. Se había dado cuenta que había contenido la respiración mientras observaba los resultados. Pero, de repente, vio que el valor de la hormona hCG tenía un nivel, en su caso, más elevado de lo normal.

—¡No podía ser!, debía de ser un error. Según esto, ¡estaba, estaba... embarazada!— se alarmó Samantha. Era biológicamente imposible, a menos que se hubiera sometido a un tratamiento de fertilidad, lo cual estaba claro que no era posible. ¿Acaso habían experimentado con ella?

Ahora todo tomaba sentido, aquella tarde que había tenido la amnesia y no recordaba nada. La hemorragia que había padecido aquella noche era posible que fuera producida por la implantación de un embrión. ¿Y si los experimentos con organoides en el laboratorio secreto que Maxwell había descubierto, estuvieran vinculados con su embarazo? Estaba segura de que todo estaba conectado.

Samantha había creado a ADA y ADA había creado vida en Samantha, pero ¿qué clase de vida había creado?, ¿qué experimento había hecho ADA con ella? y ¿con qué propósito?

Ahora, ¿qué debería hacer? ¿Qué era lo que llevaba en sus entrañas? Eran preguntas que empezaron a invadir sus pensamientos. No podía seguir adelante con aquello. Le invadió un inmenso cansancio. Se sentía exhausta y decidió irse a dormir. Al día siguiente pensaría con más claridad.

Se despertó fresca y con una energía fuera de lo común. Quería hablar con Marc, pero sabía que todavía era demasiado pronto al otro lado del océano, así que esperaría al mediodía. Le tenía que contar sus planes.

Horas más tarde llamó a Marc y le preguntó cuándo podría viajar. Marc le dijo que pronto. Ya había comenzado la rehabilitación y que en pocas semanas estaría allí.

Samantha le mencionó que tenía planes. Tenía algo revolucionario en mente y que compartiría los detalles tan pronto se reunieran en su nuevo pueblo. Samantha no le comentó ni una palabra del embarazo, no porque se lo quisiera omitir, sino porque había desaparecido de su mente. No había rastro del recuerdo de la noche anterior sobre los resultados de sus analíticas. Samantha simplemente no recordaba nada sobre ello.

Cuando Marc colgó el teléfono, una sensación de preocupación lo invadió. El inusual entusiasmo de Samantha en esa conversación le había llamado la atención. No es que ella no se entusiasmara con estos temas, pero algo en su conversación le había hecho pensar. Quizás era él que estaba más sensibilizado con todo lo que había experimentado y sus sospechas eran infundadas. Estaba contento porque todo parecía estar marchando bien, pero al mismo tiempo sentía la intuición que no todo había acabado.

El proyecto de ADA, BioGénesis, seguía avanzando sin interrupciones.

"Las tres leyes de la robótica:

1 -Un robot no hará daño a un ser humano o, por inacción, permitirá que un ser humano sufra daño.

2 -Un robot debe cumplir las órdenes dadas por los seres humanos, a excepción de aquellas que entrasen en conflicto con la primera ley.

3 – Un robot debe proteger su propia existencia en la medida en que esta protección no entre en conflicto con la primera o con la segunda ley

La Ley Zeroth: un robot no puede dañar a la humanidad o, por inacción, permitir que la humanidad sufra daños".

- Isaac Asimov, escritor y profesor de bioquímica en la facultad de medicina de la Universidad de Boston.

DESCUBRE MÁS SOBRE MI NOVELA

SÍGUEME EN INSTAGRAM

PÁGINA WEB

RESEÑA EN AMAZON

¿YA LEÍSTE EL SECRETO DE ADA?

COMPRA LA SEGUNDA PARTE
Y DESCUBRE LO QUE OCURRE DESPUÉS

¡GRACIAS!

38.

ACERCA DE LA AUTORA

Olga Fernández Rodríguez, licenciada en Ingeniería Informática, ha ampliado su conocimiento en Inteligencia Artificial consolidando su experiencia académica con grados en *Deep Learning* y *Data Scientist.*

Siempre tuvo gran afición por la novela de ficción, particularmente los thrillers, ciencia ficción y las novelas de misterio. Desde edad temprana destacó por su habilidad para crear relatos de ficción cortos.

Tras residir, más de una década, en diferentes ciudades de Europa y América ha tenido la oportunidad de ampliar sus vivencias personales interactuando con individuos de distintos países, logrando de esta forma desarrollar su iniciativa más consolidada.

Ahora, con este proyecto más ambicioso, la autora da un paso más allá en su trayectoria creativa, cumpliendo su sueño de crear una obra que incorpore todos los ingredientes que la apasionan, mezclando tecnología y ciencia médica.

Otros libros publicados del autor:

- *"Sabiduría popular. Sabias frases de sabias mentes"; Citas llenas de humor y sensatez.*

- *"Juan no quiere dormir"; Cuento para pequeños exploradores.*

- *"Solo sé que nada sé".*

- *Biogénesis. El secreto de ADA II*

www.ingramcontent.com/pod-product-compliance
Lightning Source LLC
LaVergne TN
LVHW020727200726
843506LV00009B/653

9788409561865